»Papas Turm« USW

AF211050

Traute Leschke

»Papas Turm« USW

- Die Raiba-Kinder von W-Village -

Bibliografische Information der Deutschen Nationalbibliothek
Die Deutsche Nationalbibliothek verzeichnet diese Publikation in der
Deutschen Nationalbibliografie; detaillierte bibliografische Daten sind
im Internet über http://dnb.d-nb.de abrufbar.

© 2008 Traute Leschke
Satz, Umschlaggestaltung, Herstellung und Verlag:
Books on Demand GmbH, Norderstedt
ISBN 978-3-8334-8870-2

W-Village ist eine absolute Namenserfindung, denn niemand würde für einen Teil eines Dorfes in Holstein einen englischen Namen wählen, nicht in Holstein. Aber es lag an dem Drum Herum, den dieser Ortsteil in der beschriebenen Zeit darstellte. Es ging dort ein bisschen zu wie im Wilden Westen. Es war was los rund um den Bahnhof. So was wie Aufbruch in die Zukunft. Und Micky, Mausi und Holly von Nebenan waren einen Teil dieses wirbeligen Lebens.

Sie wurden in eine ganz besondere Welt hinein geboren, die Raiba-Kinder von W-Village, Kinder des Rendanten und seiner Ehefrau. Das waren der weißblonde, dünnhaarige Micky und seine Schwester Mausi mit den blonden Ringellocken. Zu ihnen gehörte Holly von Nebenan, der kleine Nachbarjunge mit rosafarbener Haarpracht. Hollies Eltern waren Bauern aus Ostpreußen. Sie bewohnten ein Haus direkt neben dem Spadaka-Gelände. Hollies Mutter kochte wunderbar. Die Familie hatte Schweine und Geflügel reichlich. Hollies Mutter machte Würste selbst.Die Raiba-Kinder liebten es, sich zum Frühstück bei ihr einzunisten.

Hollies Vater stellte den besten Bärenfang aller Zeiten, original ostpreußisch, her. Dies erfreute wiederum die Erwachsenen, die nach dem Genuss dieses Getränkes zu Hochformen aufliefen.

Papa war ein Rendant, der Manager einer Spar- und Darlehnskasse, einer Raiffeisengenossenschaft. Das ist eine ländliche Genossenschaft, in der mit Geld und

Dünger und Korn und Schweineschrot gehandelt wird. Kein sehr großes Unternehmen, eher mickrig. Mama, die Genossenschafts-Geschäftsführer-Ehefrau, kam aus dem Schilf. Sie hatte bis zu ihrer Heirat in Holstein an einem schönen kleinen See gelebt. Papa behauptete stets, sie säße noch dort, mitten im Schilf, wenn er sie nicht geheiratet und in dieses wunderschöne Dorf geholt hätte.

Mama nahm seine Worte gelassen. Wenn sie sich aufregte, setzte sie sich an ihre Schreibmaschine, tippte einen Artikel und vergaß die Sprüche ihres Gatten.

Mama schrieb:

»Mein Mann bewohnte ein großes Zimmer in der ihm laut Dienstvertrag als Geschäftsführer zustehenden Wohnung im Hause der Spar- und Darlehnskasse.

In unserem zukünftigen Schlafzimmer lagerte Saatgetreide. Im in Aussicht gestellten Kinderzimmer schlief ein Lehrling. In einer riesigen Küche (Das Geschäftshaus war ehemals Gaststätte. Die Kassengeschäfte hatte der Gastwirt nebenbei erledigt.) kochte die Frau des Lagermeisters.

Außerdem stand hier die Koksheizung für das ganze Haus. In den alten Mauern mit vielen Hohlräume lebten viele, viele Mäuse. Denn ein Gebäude, in dem zu jeder Zeit des Jahres Getreide lagerte, war ein wahres Mäuseparadies. Wenn man still und verträumt in dem renovierten Wohnzimmer saß mit der abgehängten Decke, konnte es passieren, dass am Deckenrand ein kleiner Schatten auftauchte und dann wieder verschwand. Das war ein Mäuseschwänzchen. Die Hausmäuse hatten den Zwischenraum zwischen alter und neuer Decke als persönlichen Spielplatz entdeckt und tobten dort fröhlich hin und her.

Um das genossenschaftliche Anwesen herum befand sich ein riesiger Garten. Der Vorgänger meines Mannes hatte seine kinderreiche Familie sicher zum großen Teil aus den Erträgen dieses Gartenlandes ernährt.

Als ich einzog, wurde das Obst gerade reif. Geerntet habe ich die Früchte nicht. Die Maurer haben sie verspeist, die Maurer, die hier 1958 den ersten Silo bauten. »Was sollen wir auch mit einem so großen Garten,« sagte mein Mann, »Lust haben wir beide nicht dazu. Guck mal, der Silo, wird der nicht schön?« Ob er nun wirklich schön wurde, weiß ich nicht genau.

Auf alle Fälle sah er sehr ordentlich aus und hatte ein Fassungsvermögen von 120 Tonnen Getreide. Sozusagen ein Mini-Silo. Die erste Ernte wurde bereits aufgenommen, als das Dach noch nicht drauf war. Unten kam das in Säcken angelieferte Korn in die Trocknung, oben regnete es herein. Das gesamte Personal der Spar- und Darlehnskasse einschließlich jüngstem Bürolehrling war im Ernteeinsatz, aufgeteilt in Tag- und Nachtschicht. Mir wurde bei diesen Einsätzen der Telefondienst an Sonn- und Feiertagen überlassen.«

Der ehemalige Lehrling Elke C. formulierte viele Jahre später, zum 25.jährigen Dienstjubiläum des Rendanten wie folgt:

Spadaka-Romantik

»Ein dicker Brief kam mir ins Haus,
ich zog da eine Einladung raus:
Am o1.04. so las ich dann,
ward ich gebeten zum Empfang!
Drum hab ich ein wenig nachgedacht
und Ihnen diesen Vers gemacht:
Sie sind im Dorf und im Land
als Rendant der Raiba gut bekannt,
25 Jahre sind Sie heute dabei,
das ist fürwahr nicht einerlei!
Vor langer Zeit fing ich mal an
zu lernen bei Ihnen den Bankkaufmann,
1960/63, so lang geht es jetzt zurück,
was zwischenzeitlich war, weiß ich nicht.

Das alte Gebäude am Bösterredder
kennt man heute ja kaum »wedder«.
Es war so gemütlich, unser altes Büro,
wenn ich dran denk, werd ich richtig froh!
Durch den Eingang, ʼne Haustür, und dann
links durch ,ne zweite, stand ich
vor dem Holztresen auf verschlissenem Teppich,
durch die Fenster zog leise der Nordwind. -
Schön dämmrig wars im Kassenraum,
die Sonne störte unseren Büroschlaf kaum!

Das Geld lag auf dem Tresen unter Draht
und war für jeden gleich parat,
Kunde und Kassierer gaben sich die Hand,
und der Klönschnack mit G.M. fing an!

Die Bauern stöhnten schon damals sehr
über schlechte Zeiten und das Wetter.
Der 10. und 25. des Monats waren wichtige Tage:
»Is dat Melkgeld al dor« hieß die Frage!
H.M. (Meierist) brachte die Liste, handgeschrieben! –
Wo ist diese Zeit bloß geblieben?

Zum Chefzimmer gings durch eine Glastür,
doch hingen altbraune Gardinen vor den Scheiben dafür,
dass niemand hineinsah, wer was besprach.
Dort war auch das Grundbuch-Sekretariat.
Frau L. erledigte das nachmittags schnell,
wenn die Kinder schliefen, war sie zur Stell'!
Ihre Familie war gerade zu viert,
und alle waren integriert!

Zwei Stufen nach unten musste man gehen,
um in die Buchhaltung einzusehen,
da stand unsere Buchungsmaschine, die alte,
Ruth B. drückte täglich alle Schalter
und freute sich am Ende wie ein »Stint«,
denn Aktiva und Passive haben immer gestimmt!

Durchs Fenster nach Süden konnten wir sehn
den Garten, die Garagen, die Eierkohlen-Höhn,
H.St. sein Alldog stand oft da,
den fuhr K.H.Schl. auch ab und an,
damit die Kleinverkaufs-Waren in Stolpe zum Verkaufen
kamen,
Truck-Fahrer Ernst B. und sein LKW
luden manchen Sack Futter bei Hitze und Schnee!

Das Lager und der Silo waren neu und beinahe zu klein,
doch unsere Tischtennisplatte passte immer hinein!
Was haben wir gespielt in den Mittagsstunden
so manche heißen Schmetter-Runden!
Fred M. war dabei ziemlich gut,
Lagermeister R spielte stets mit Hut!
Udo E., er kam morgens nie viel zu früh,
verlor beim Tischtennis fast nie!

Über allem und jedem »thronte« jedoch
der Rendant als Chef, und doch
fuhr er nur »Isetta«, aber mit viel Bravour,
auf so manche Kundentour.
Sie bauten auf den ganzen Kram
Und fingen ziemlich von unten an,
ihr Plan war das neue Bank- und Wohnhaus,
wir zogen beim Umbau in die Wäscherei hinaus.

Das alte Büro mit den rissigen Wänden
und den Regenspuren dran sahen wir verschwinden,
und Glas und Licht machten sich breit,
es gab moderne, großzügige Räume im Stil der Zeit.
Was danach kam, wissen Sie besser als ich,
denn meine dreieinhalb Jahre neigten dem Ende sich.« -

Wankendorf.

Bahnhofstrasse

Raiffeisenbank

Die Spadaka befand sich am südlichen Zipfel des Dorfes. Um sie herum gab es eine bedeutende Landhandelsfirma, die direkte Konkurrenz zu der kleinen ländlichen Genossenschaft. Die Lage erwies sich als praktisch. Papa Rendant konnte sehen, wenn seine Kunden im Büro der Konkurrenz verschwanden. Umgekehrt war es genauso. Trotzdem grüßte man sich freundlich von hüben nach drüben. Diesem großen Betrieb schloß sich der Bahnhof an. W-Village war ein voll erschlossenes Dorf, ein Bundesbahn-Bahnhof – Strecke Neumünster – Bad Segeberg –, ein Kleinbahnhof – Strecke Kiel-Ascheberg, – die neue B 404 mitten durch den Ort. Auf dieser Schnellstraße wurde alles platt gefahren, was sich unvorsichtig in ihre Nähe begab, Katzen, Hunde, Kinder, alte Leute und unaufmerksame Radfahrer. – Dann kam ein Bauernhof mit einem wunderschönen Strohdachhaus. Auf der anderen Seite ein Betonfabrik, die massenweise Fertigteile für Hallen produzierte. Daneben der Betriebshof der DEA. Nachts rangierten die Öl-Tankwagen auf den Geleisen vom Bahnhof W-Village. Die dickbäuchigen, runden Ölfässer auf Rädern verursachten Quietsch- und Rumpelgeräusche beim Hin- und Herschieben auf den Schienen. In der Landschaft um das Dorf herum lieferten zahlreiche Erdölpumpen das kostbare schwarze Gold aus dem Erdreich. -Hektik entstand, wenn es am Bahnhof zu einer Kreuzung kam, das war die Begegnung zweier Züge aus verschiedenen Richtungen. Die Schranken gingen rechtzeitig herunter. Kein Langschläfer durfte mehr an ihnen vorbei schlüpfen, um seinen Zug zu erreichen. (Was er zum Ärger des Bahnhofsvorstehers dann doch tat.) Die

Züge schoben sich aneinander vorbei und setzten ihre Reise fort. Die Schranken gingen wieder hoch. –

Besondere Veranstaltungen

Mittelpunkt dieser wirtschaftlichen Betriebsamkeit war das Bahnhofshotel mit einer gutbürgerlichen Küche. Hier hielten die Vertreter der umliegenden Betriebe mit ihren Geschäftspartnern ihre Konferenzen ab einschließlich Mittag- oder Abendessen. Hier fanden die Sparclubfeste der Spadaka statt. Eine dieser besonderen Sparclubveranstaltungen wurde zu einem Sportereignis mit Langzeitwirkung. Es begab sich zu der Zeit von Puschkin mit Kirsche, Puschkin war ein Wodka, die Kirsche wurde auf einen Rouladenspieß aufgepiekt, in ein Schnapsglas gelegt und mit Wodka übergossen. Nach den Regularien der ersten Sparclubversammlung im neuen Jahr nahmen die Sparclubmitglieder dieses fruchtige Gesundheitsgetränk rundenweise zu sich. Zu späterer Stunde kam ein Teilnehmer dieses Ereignisses auf die Idee, man könne mit den Holzstäbchen eine Art Stierkampf aufführen, was prompt geschah. Leider war die Gaststätte mit einem Teppich ausgelegt. Dieser rutschte einem der sportlichen Kämpfer unter den Füßen weg, er stürzte auf seinen Hintern, verdrehte sein Kniegelenk und zog sich eine Miniskusverletzung zu. Große Ratlosigkeit unter den Sparklubmitgliedern dieser besonderen Veranstaltung, bis endlich der Dorfarzt zugezogen wurde. Eine Einlieferung ins Krankenhaus stellte sich als notwendig heraus. Dort wurde der Unfall als Skiunfall deklariert und löste beim Pflegepersonal Bewunderung aus. Der Heilungsprozess zog sich über Monate hin. – Mitgliederversammlungen wurden reihum in den verschiedenen Dörfern durchgeführt, die zum Einzugsgebiet und Kundenkreis der Spadaka gehörten.

Immer gab es erst den geschäftlichen Teil mit Rechenschaftsberichten und den gemütlichen Teil, der die Veranstaltungen erst richtig schön und interessant machte. So kam es zu einem besonders herausragenden Ereignis, dass den Teilnehmern auf jeden Fall im Gedächtnis blieb. Nachdem alle Berichte und Entlastungen der Vorstände ordnungsgemäß abgewickelt waren, ging es los mit den Gesprächen und Anliegen unter Freunden. Da teilte einer der anwesenden Herren beim Bier mit, dass sein Grundstück so groß sei, dass er einen Rasenmäher gut gebrauchen könnte. Sein Tischnachbar wusste Rat. Der war Bauer. Zu seinem Viehbestand gehörte ein Schafsbock, den er gerne verkaufen wollte. Die Katze im Sack kaufen, das wollte der Rasenmäher-Sucher aber nicht. Das Vieh, über das verhandelt werden sollte, das lief aber noch auf der Weide. Und es war tiefe Nacht. Half alles nichts, der Schafsbock musste eingefangen und vorgeführt werden. So kam es, dass dieses Schaf zu später Stunde zur Begutachtung in die Gaststätte vor den Tresen gebracht wurde. Das aufgeregte Tier ködelte erst einmal vor Schreck über die ungewohnte Umgebung auf den Fußboden. Jetzt konnten Käufer und Verkäufer in Verhandlungen eintreten über den Kaufpreis.

Denn das Objekt stand in voller Größe vor ihnen. Als Einigung so gut wie erzielt war, kam ein Einwand aus dem fachkundigen Publikum, dieser genannte Kauf-

preis sei doch viel zu hoch. Das empfand der Schafs-
bock-Nocheigentümer als grobe Beleidigung. Es kam zu
einem handfesten Streit, der nur mit Mühe geschlichtet
werden konnte. Das Rasenmäher-Schafsbockgeschäft
war geplatzt. Das Tier kam zurück auf die Weide. -

Im Bahnhofshotel existierte ein kleiner Kolonialwaren-
Laden Marke Tante Emma. Die freundliche Inhaberin
versorgte die hungrigen Männer der umliegenden Firmen
zum Frühstück mit leckeren Brötchen und der Zeitung.
Von Ladenschlusszeiten hatte sie ganz bestimmt noch
nie etwas gehört. Ein gedanklicher Trampelpfad führte
von der Spadaka zum Tante-Emma-Laden, von wegen
»Salz vergessen! Zucker ist alle! Wir brauchen noch 1
Liter Milch!« Diese Probleme ließen sich unkompliziert
und ladenschlusszeiten-unabhängig lösen. -

Papa Rendant stammte aus Stettin. Da er als junger
Mann gleich nach Kriegsende genug hatte von der Hun-
gerei in seiner Heimatstadt, setzte er sich nach Schleswig-Holstein ab und ging in die Landwirtschaft. Er hatte
geschworen, dass er nie wieder in seinem Leben hungern
wollte. Er lernte das Holsteiner Platt und nannte Holstein nun seine Heimat. Trotzdem freute er sich, wenn
er Landsleute aus Pommern traf, Flüchtlingsfamilien gab
es reichlich. Dann wurden die kleinen, privaten Hei-
mattreffen veranstaltet. Um W-Village herum hatte die
Landgesellschaft Güter aufgekauft und in kleine Bau-
ernstellen aufgeteilt. Bauernfamilien aus Ostpreußen
und Pommern wurden angesiedelt und gehörten zum
Kundenkreis der Spadaka.

Mama staunte über das viele Geld, dass im Kundenraum der Bank unter einem Drahtverschlag auf dem Tresen lag. So viele Geldscheine hatte sie vorher nie auf einem Haufen gesehen. Die Bankmitarbeiter gingen damit um, als ob sie mit Salz und Zucker handelten. Abends wurde es in einen alten Tresor mit dicken Wänden eingeschlossen. Zweimal im Jahr kamen die Prüfer vom Genossenschafts-Verband in Kiel und zählten das Geld nach. Sie prüften, ob mit den Spargeldern der Kunden sorgfältig umgegangen war. Sie erteilten Ratschläge zur Optimierung des Geschäftes und waren dann wieder verschwunden. Zum Glück, denn die ordentlichen, freundlichen Prüfer kosteten Papa jedes Mal ein großes Stück seiner Nerven. – Mama lernte, dass man mit Schweinemastwechseln der Bauern das notwendige Eigenkapital der kleinen Bank sichern konnte. Papa fuhr alle sechs Monate zu seinen Kunden mit neu ausgeschriebenen Wechselformularen, bekam dort einen Schnaps und eine neue Unterschrift. Manchmal auch, wenn es auf dem Hof keine Schweine gab.

Hinter dem Banktresen-Raum gab es ein weiteres Büro mit einem langen Tisch. Hier tagte der Rendant regelmässig mit dem Vorstand und Aufsichtsrat. Es waren gestandene Männer, die jeden im Dorf kannten und sich über alle Familien ein genaues Bild machen konnten. Der Rendant gab ihnen einen Bericht über den aktuellen Geschäftsstand und teilte mit, wer von den jungen Dorfleuten um einen Kredit nachgesucht hatte zum Aufbau seines neuen Betriebes.

Die Männer am langen Tisch und der Manager berieten, ob sie dem Jungunternehmer auf die Sprünge helfen wollten mit dem Geld der Bank, das vorher von den übrigen Bankkunden angespart worden war. Bei größeren Projekten sprang die Landesgenossenschaftsbank in Kiel mit einer Finanzierung ein. Die Männer stimmten über den Antrag ab, und der Jungunternehmer mit den guten Geschäftsideen erhielt die von ihm benötigte Kohle. Über diese Entscheidung wurde ein Protokoll angefertigt. Dann folgte ein gemütlicher Umtrunk. Zu katastrophalen Firmenzusammenbrüchen mit großen Schäden für das dörfliche Bankhaus kam es in diesem überschaubaren Rahmen nie. Dafür entstanden im Laufe der Jahre viele neue Unternehmer-Existenzen und Arbeitsplätze für die Dorfbewohner.

Die Bilanzsumme betrug 1957 1 Million DM, Einlagen der Kunden 366.000, --TDM, Kreditausleihungen 510.000,-- TDM. Für den alten Tresor mit dicken Stahltüren trug der Rendant den Schlüssel immer bei sich. Alten Kunden, die nicht mehr in der Lage waren, in die Bankgeschäftsstelle zu kommen, wurde das benötigte Bargeld ins Haus gebracht. Und unter dem Kopfkissen gehortete Ersparnisse holte der Rendant auf besonderen Wunsch schon einmal persönlich in der Wohnung ab und veranlasste die korrekte Einzahlung auf das Sparkonto. Die Geschäftsgrundlage war das gegenseitige Vertrauen zwischen der Bank und ihren Kunden. In den folgenden Jahren vergrösserte sich das Geschäftsvolumen ständig. Die umliegenden Dörfer schlossen sich der Raiffeisen-Genossenschaft an, man fusionierte miteinander.

Das Lager mit Schweineschrot, Dünger, Saatgut, Kuhschrot war ein Basar.

Der Rendant und seine Kunden feilschten um jeden Pfennig, lautstark und voller Ernsthaftigkeit, bevor es zu einem Geschäftsabschluss kam. Die Handelsspannen für landwirtschaftliche Güter bewegten sich im Minibereich.

Zu den absoluten Höhepunkten des Jahres gehörte die Einladung der Landes-Genossenschaftsbank zur Regattabegleitfahrt anlässlich der Kieler Woche.

Der Rendant, die Männer vom Langen Tisch und einige Kunden bildeten Fahrgemeinschaften (der jeweilige Fahrer war Garant für eine sichere Rückfahrt) und starteten an den Kieler Hafen. Dort warteten die LGB-Manager und Mitarbeiter auf einem für diesen Anlass gecharterten Schiff auf ihre Gäste. Die Kantine der Zentralbank lieferte ein vorzügliches Essen, Getränke flossen reichlich. Eine höchst vergnügliche Angelegenheit begann, die jährliche Regattabegleitfahrt vorbei an den Segelrevieren auf der Kieler Förde. Ein Treffen der großen Raiffeisenfamilie mit Vertretern aus Politik und Wirtschaft. Bis zur Rückkehr gegen 17.00 Uhr am Bahnhofskai hatte die Stimmung auf dem Dampfer ihren absoluten Höhepunkt erreicht. Die Fahrgemeinschaften zurück in die Provinz traten den gesicherten Rückzug an. -

Mama und der Manager hatten zwei mickrige Kinder gezeugt, die sich aber in dem Umfeld (Spadaka-Grossfamilie) und unter der Aufsicht von Oma Anna gut entwickelten. Oma Anna traute ihrer schreibsüchtigen Tochter in Alltagsdingen nicht so recht über den Weg.

So griff sie lieber regelmässig in das Leben der jungen Familie ein, um Schaden von ihren heiß geliebten Enkeln abzuwenden.

Micki war der Erstgeborene. Er kam so mager auf die Welt, dass die Gefahr seiner Entführung zu keiner Zeit bestand. Kein vernünftiger Erwachsener hätte sich mit so einem schwächlich aussehenden Kind freiwillig abgegeben. Außer Oma und Mama natürlich, die ihn abwechselnd alle zwei Stunden fütterten. Er nahm dann bald die Form eines richtig gut aussehenden Babys an. Der Manager war total begeistert, dass er nun einen eigenen Sohn hatte und lud alle Menschen, die ihm am Geburtstag seines Kindes über den Weg liefen, zu einem Umtrunk ein. Selbstverständlich auch die Mitarbeiter der Konkurrenz.

Damit das Kind richtig pinkeln lernt, war dieser Generalumtrunk unbedingt notwendig, sagte Papa.

Mausi, die Zweitgeborene, kam noch kleiner aber etwas besser proportioniert auf die Welt, sozusagen eine Minischönheit. Sie musste besonders betreut werden in der Kinderklinik, bis sie dann nach Hause entlassen wurde. Oma Anna lief wieder zur großen Form auf, auch dieses Kind wuchs bald auf Normalgewicht und Normalgröße heran. Die Gemeindeschwester reiste per Moped an und kontrollierte die Gewichtzunahme der Babies in ihrer ersten Lebensphase per Handwaage. Es gab keine Mängelberichte von ihr.

Mit Inbetriebnahme der Sandkiste fand sich dann Holly von Nebenan auf dem Spadakahof mit ein und wurde der Freund der Kinder für viele Jahre.

»Wir sind nicht für die Zucht geeignete« stellte der Manager sachkundig fest, »wären wir Schweine, wären wir mit so mickrigem Nachwuchs längst beim Schlachter«. In der Schweinezucht kannte er sich eben von Berufs wegen gut aus. In der Familienplanung gab es bei der Raiba-Familie nun keine weiteren Kinderwünsche.

Micki und seine Ziehtante

Wie soll man Tanten nennen, die nach dem Grad der Verwandtschaft überhaupt keine Tanten sind. Ihre Zahl ist groß. Man kann sie »Ziehtanten« nennen, weil sie Kinder mit groß ziehen ohne besondere Verpflichtung. Die Ziehtante ist für kleine Kinder von ebenso großer Bedeutung wie die Großmutter. Besonders dann, wenn die Großmutter nicht in der Nähe wohnt.

Micki hatte Tante K., die Ehefrau des Lagermeisters. Sie liebten sich, der Winzling und die Tante, die eigentlich ja keine war. Die Lagermeisterwohnung lag im ersten Stock des alten Spadaka-Gemäuers. Eine Holztreppe führte nach oben. Sobald Micki kriechen konnte, machte er sich auf den Weg in die obere Etage. Mit seinen kleinen Fingern klopfte er an die obere Flurtür und Tante K. öffnete ihm. Dann, als er die ersten richtigen Schritte machen konnte, setzte er sich jeden Abend, wenn in der großen Küche sein Abendbrot runtergemüffelt hatte, nach oben ab. Bei Tante K. futterte er ausgiebig und mit großem Appetit noch einmal. Meistens benahm er sich bei ihr ausgezeichnet. Denn er wollte nicht fortgeschickt werden, weil er ungezogen war. Bloß dieses Risiko nicht eingehen. Wenn die Eltern abends einmal ausgingen, nahm er seinen Teddy und sein Kopfkissen und ging zu seiner Ziehtante nach oben.

Natürlich für den Rest der Nacht. Wenn seine Mama ihn fragte: »Wo hast du geschlafen, beim Onkel (Lagermeister Onkel R) oder bei der Tante?«, dann antwortete er: »Bei der Tante. Aber beim Onkel, da war noch ganz viel Platz, da passt Mausi (seine Baby-Schwester) auch noch gut hin.« Es dauerte nicht lange, bis die Kinder sich gemeinsam auf den Weg nach oben machten.

Für Tante K. war dieser kleine Junge etwas ganz besonderes, sie verteidigte ihn heftig gegen jede Art von Kritik. Und er dankte ihr dafür mit seiner liebevollen Anhänglichkeit bis zu ihrem Tod. Er hielt ihre Hand, als sie sich auf den Weg von der Erde machte, nun ein todtrauriger junger Mann mit eigener Familie.

Die kleine Farm

Onkel R war Lagermeister und Kleintierzüchter. Das heißt, dass der Spadaka-Garten sich in eine kleine Farm verwandelte. Es gab einen Stall mit zwei Schweinen, Enten, Hühnern. Und Tauben, Tauben, Tauben. Nicht einfach Hühner und Tauben, nein, nur Hühner und Tauben der besonderen Art, die auf Ausstellungen vorgeführt wurden. Dann kamen Schiedsrichter mit Kennerblick und Zentimetermaß und stellten fest, ob die federigen Viecher der Schönheitsnorm ihrer Rasse entsprachen, die Schwänze die richtige Länge, die Flügel die richtige Höhe hatten. Onkel R war Vorsitzender des Kleintierzuchtvereins. Die Kinder krochen hinter ihm her und waren Helfer beim Füttern.

Die Tauben waren im Dachgeschoß des Spadaka-Gebäudes untergebracht.

Da es ein ehemaliges Gasthaus war mit vielen Bodenkammern (ehemaligen Gästezimmern), eignete es sich besonders gut für eine Taubenunterkunft. Onkel R hatte eine Kammer zum Taubenschlag umfunktioniert mit einem Dachfenster als Einflugschneise für seine Täubchen. Hier saß er oft und unterhielt sich mit seinen Edelgeschöpfen. Vor einer Ausstellung wurden sie besonders gepflegt.

Sie wurden gebadet im Badezimmer der Lagermeisterwohnung und sollten dort sitzen bleiben, bis sie getrocknet waren. Leider hatten die Täubchen das missverstanden. Sie wurden unruhig in dieser ungewohnten Umgebung und hackten sich gegenseitig blutig. Da mussten sie dann eben noch einmal ein Bad über sich ergehen lassen. Auf der Ausstellung in ihren Drahtkäfigen sahen sie dann wieder ganz wie Eins-A-Sonderklasse-Tauben aus.

Im Herbst schlachtete Onkel R die Enten nach vorheriger Ankündigung.

Die Manager-Familie erhielt zwei Enten geschenkt, weil doch Onkel R die kleine Farm im eigentlichen Familiengarten einrichten durfte.

Mama hatte nicht die geringste Ahnung, wie man mit geschlachteten Enten umgeht. Sie fragte Tante K, und die erklärte ihr die Entenschlachterei.

Onkel R ging frisch ans Werk und mördete ein Entenviech nach dem anderen.

Die Mama kriegte einen Entenkörper im Federkleid in die Hand gedrückt.

Der zappelte noch. »Das macht nichts«, sagte der Entenzüchter, »das sind nur die Nerven« Mamas Nerven zuckten auch, aber sie gabt sich fachkundig.

Die geschlachteten Enten wurden mit heißem Wasser überbrüht und gerupft.

Auch das Ausnehmen lernte sie und das Zubereiten eines richtig leckeren Entenbratens.

Ein bißchen Garten

Ein bisschen Garten gab es auch für den Rendanten und seine Gattin.

Zumindest einen Gartenversuch. Der landwirtschaftlich geprägte Manager legte im Schweiße seines Angesichtes ein Spargelbeet an. Er grub eine Art Hügelbeet, aus dem sich einige Pflänzchen durch den schweren Boden hindurch arbeiteten ans Tageslicht. Spargel liebt nun einmal Sand.

Die gerade geplanten Spargelstangen wuchsen wegen des lehmigen Bodens dann aber zu Korkenzieher-Spargel heran, wie kleine Spiralen.

Sie bohrten sich förmlich ans Licht. Der Manager verzichtete auf einen weiteren Versuch. Mama beschäftigte sich mit einem Wurzelbeet wegen der gesunden Ernährung für die Kinder. Zunächst mühte sie sich mit einem Seil ab, um dem Beet eine gewisse Gradlinigkeit zu verleihen. Trotzdem waren da immer wieder »Buhlen und Bargen« in dem gradlinig geplante Pflanzbeet. Aber egal, schließlich gelang ihr dann doch der Wurzelanbau. Das Erbsenbeet kam nie so recht in Gange, irgendwie verhinderten Täubchen und Drosseln das zügige Wachstum. Sie pickten die Saat ziemlich schnell wieder aus der Erdmulde heraus. Natürlich waren es nicht die Täubchen von Onkel R. Die taten so etwas nicht. – Im Spadaka-Familiengarten standen alten Apfelbäume und ein Quittenbaum. Apfelsaft und Quittensaft gemischt und verkocht ergaben ein leckeres Gelee. Mama war total stolz, dass sie diesen Brotaufstrich zustande brachte.

Besonderes Spielzeug

Zum Spadakamarkt gehörte ein Kohlenhandel. Brikett und Eierkohlen wurden per Waggon am Bahnhof von W-Village angeliefert und von der Lagermannschaft umgeladen auf einen Anhänger. Dann wurden sie zum Betriebshof gefahren und dort in einem Haufen hinter den Büroräumen im Freien gelagert.

Kurz vor Monatsende kamen oft Familienmütter mit ihrem Blockwagen, und verhandelten mit dem Manager um einen Sack Brikett. Sie wollten ihn bezahlen mit dem demnächst eingehenden Monatslohn oder Kindergeld. Sie bekamen ihre Kohlen, und mit der Bezahlung gab es nie Probleme.

Die Kinder sahen die Kohlenberge mit besonderen Augen an. Micki bevorzugte die Brikett, man konnte damit großartige Türme bauen. Mausi war mehr für die Eierkohlen, man konnte sie so gut durch den Maschedraht auf die Straße werfen. Der Hund, die Familie war auf einen schwarzen, nicht ganz echten Spaniel-oder-sonst-was-Hund gekommen, schleppte, wenn er sich freute, die Schuhe der Familie auf den Kohlenhaufen und ließ sie dort irgendwo liegen.

Jedes Familienmitglied war irgendwie immer auf der Suche nach einem zweiten Schuh. Für die Ehefrau eines Spadaka-Mitarbeiters wurde der Kohlenberg auf dem Hof einmal zum besonderen Haltepunkt.. Sie hatte das Gaspedal und die Bremse ihres Autos verwechselt. Mit einem großen Geknirsche landete ihr Pkw auf halber Höhe des Brikettberges. »Edith übt für den Führerschein«, stellte der Manager fest.

Eine bizarre Welt tat sich für die drei Kinder auf, kaum dass sie sich auf Ihren eigenen kleinen Füßen fortbewegen konnten. Sie suchten und erforschten Wege zwischen Schweineschrotsäcken, Dünger und Saatgetreide hindurch im großen Lager, lebten zusammen mit vielen jungen Katzen zwischen Treckern und Anhängern, Unimogs und einem alten Alldog, dem Lieblingstransporter von Onkel R., zwischen Ernteeinsätzen, Futterverteilungsfahrten, Kohlean- und –abtransporten.

Ein bisschen Zoo

Sobald die Kinder sich im Autokindersitz halten konnten, nahm der Rendant sie mit in die Kundschaft. Er fuhr einen 600 BMW, eine vergrößerte Isetta, Vordertür aufklappbar. Unterwegs gab es Geschenke von den Kunden für die Kinder, kleine Perlhühner, Meerschweinchen, Angora-Kaninchen, oder einen alten Lloyd-Kombi ohne Motor. Zusammen mit den Nachbarkindern konnten die Kinder das Gefährt auf dem Hof hin und her schieben. Jeweils ein Kind durfte dann hinter dem Steuer sitzen und die Fahrtrichtung angeben. Ein kleines Schaf mit Kräuselfell vervollständigte den Familienzoo. Zum Schlafen benötigte es ein besonderes Quartier, das war der Gepäckraum des Lloyd-Kombi. Dort hinein wurde es abends »ins Bett« geschoben. Das kleine Kräuselfell-Schaf wurde bald zum großen Schafbock. Es übernahm die Aufgabe eines Hofhundes, sortierte genau, wer zum Spadaka-Bestand gehörte und wer nicht. Als es anfing, Kunden vom Hof zu boxen, weil sie seiner Meinung nicht zur Familie gehörten, gab es doch erhebliche Probleme. Nun bekam es ein Hundehalsband und wurde wie ein Hund an der Leine aus kritischen Situationen abgeführt. Wenn der Rendant nachts von irgendwelchen Kundenbetreuungsfeiern (Geschäftsbesprechungen) nach Hause kam, blökte der Schafbock in seinem Lloyd-Kombi laut und freudig zur Begrüßung los, und alle Nachbarn wussten, dass nun auch der letzte Hausbewohner heim gekommen war. Als das Schaf einmal ausgelagert werden sollte auf die Nachbarweide, wo Kühe grasten, da trat es irgendwie in den Streik. Der Rendant führte es an der Hundeleine auf die Kuhkoppel und ließ es dort frei laufen.

Dann schlich er sich zum Ausgangstor. Als er am Gatter war, stand das Schaf wieder neben ihm. Schaf und Herrchen kamen gemeinsam auf dem Betriebshof der

Spadaka an. Es musste eine Einzelbetreuung für das Schaf gesucht werden, bevor der Rendant samt Gattin ein paar Tage in Urlaub fahren konnte. Ein junger Mann übernahm diese Aufgabe.

Der schwarze Hund war ein Kinderhund, geduldig und sanft. Er freute sich, wenn er mit den Kindern mitspielen durfte. Sie konnten mit ihm »Unfall« spielen. Er saß ruhig auf der Sackkarre, ließ sich Verbände um die Pfoten wickeln wegen »Erster Hilfe« und mit der Karre hin und her schieben.

Der schwarze Hund liebte besondere Düfte. Als der Nachbarbauer Mist auf der Koppel nebenan ausstreute, wurde auch ein vergammelter Rest eines Kälbchens mit ausgebracht. Der schwarze Hund hatte eine sehr feine Nase. Er folgte dem betörenden Duft von nebenan und wälzte sich in dem stinkenden Kälbchenrest.

Dann stand er vor der Haustür und wollte hinein. »Aber nicht ohne Bad«, schrie Mama. Der Hund wurde abgeseift und gründlich abgespült. Sobald er getrocknet war, verschwand er wieder nach draußen und stand wenig später mit der gleichen Stinkerei vor der Tür. Wieder folgte das Abseifen und Abspülen.

Nachmittags wollte der Rendant ihn im Auto mit in die Stadt nehmen, auch der schwarze Hund liebte Autofahrten. Da griff sein Herr zu einer Gewaltmethode.

Im Handschuhfach des Autos lag eine Flasche 4711 zur Erfrischung bei langen Autofahrten. Damit wurde der Hund einparfümiert, was er sicherlich ganz fürchterlich schrecklich fand. »Ich musste deinen Gestank ertragen, jetzt musst du meinen Gestank ertragen«, wetterte der Rendant. Dann brausten die beiden zur Zentralbank nach Kiel. Denn sie waren auch die Geldboten und mussten für die Kohle in der Bankkasse sorgen. Manchmal war das mit einem Gespräch unter Freunden und Kollegen in der LGB verbunden. Dann hütete eine Banksekretärin der Bargeld für W-Village, bis die Herren und der Hund ihr Fachgespräch mit kleinem Umtrunk beendet hatten.

Die Meerschweinchen vermehrten sich rasant. Bei jeder Neugeburt lockte Lagermeister Onkel R, der Experte in Sachen Kleintierzucht, Mama mit dem Ruf an die Käfige: »Kommen Sie schnell, die Meersau hat wieder geferkelt«.

Lauter Mini-Meerschweinchen sausten dann durch das Kleingehege. Anfangs wurden die niedlichen Tierchen bei Kindergeburtstagen als zweites Geschenk mitgegeben. Das lief aber bald nicht mehr so recht. Die Meerschweinchenarie endete, als endlich ein befreundeter Kleintierzüchter die fruchtbaren Tierchen in seine Obhut nahm.

Ebenso fruchtbar verhielten sich die Angorakaninchen. Da weder der Rendant noch seine Gattin diese entzückenden Tiere schlachten mochten, saßen bald 17 wunderschöne, langfellige, weiße, rotäugige Kaninchen in ihren neuen, vom Rendanten eigenhändig gezimmerten Ställen. Der Rendant holte aus seiner bäuerlichen Kundschaft Mengen von Rüben und Heu herbei. Die Tiere futterten mit großem Appetit alles weg, was ihnen unter ihre Kaninchenzähne kam. Mama überlegte, ob man vielleicht eine Kaninchenfarm eröffnen sollte und stellte Wirtschaftlichkeitsberechnungen an. Dem Rendanten stiegen bei diesem Vorschlag seine schon etwas spärlichen Haare zu Berge. Die Kaninchen wurden von ihm sonntags mit einer Spezialschere geschoren. Manchmal zwickte er sie dabei ins Ohr, das Fell wurde dann etwas blutig-rosa. Für 1o-mal Kaninchenwolle konnte er ungefähr 1 – 2 Handtücher bei einem Wollhändler eintauschen. »Kein gutes Geschäft«, sagte er zu Mama. »Und wenn die Tiere von einer Seuche befallen werden, haben wir keine Versicherung«.

Das überzeugte Mama letztendlich. Sie gab den Plan für eine Angorakaninchen-Farm auf. –

Das Ohr am Markt

Allergrößter Beliebtheit bei der gesamten Raiba-Mannschaft erfreute sich ein wöchentlich erscheinendes Marktblatt für den Großhandel, eine Art Quelle-Katalog-Ersatz für Großhändler. Hier war alles zu haben, natürlich besonders günstig wegen der weggefallenen Einzelhandelsspanne. Mama bestellte sich zum Beispiel einen Scotch-Terrier, schwarz, aus Süddeutschland in Erinnerung an ein Kinderbild, auf dessen Holzrahmen ein solcher aus Holz geschnitzter Terrier saß. Das Tier wurde in einer Holzkiste – eine Art Gemüsekiste – auf dem Bahnhof von W-Village angeliefert, die mit etwas Stroh ausgelegt war. Gegen Hunger und Durst während der Reise war dem Hund eine Wurzel in die Kiste gelegt. Der junge Hund hatte bisher in einem Zwinger gelebt und nie eine Wohnung von innen gesehen. Daher wusste er auch nicht, dass er dringende Geschäfte eigentlich draußen zu erledigen hatte, das musste er erst noch lernen. Einmal verrichtete er sein Geschäft versehentlich im Familienbett, was bei Mama für Aufregung sorgte. Zu dieser Zeit hatten sich gerade die Männer vom Langen Tisch nebenan im Büro des Rendanten versammelt. Ein Geschäftspartner aus der Zentralbank war ebenfalls zu der Sitzung eingeladen, es ging sicher um ein größeres Projekt. Der Herr von der Kieler Zentralbank kam zunächst in die Wohnung und erlebte Mama in ihrem großen Zorn bezüglich ihres nicht stubenreinen Köters. Schnurstracks marschierte er in die Sitzung nebenan und verkündete grinsend: »Sie sind aber eine komische Familie, bei Ihnen scheißen ja sogar die Hunde in's Bett«. Der Rendant zuckte bei dieser Ansprache etwas zusammen, die Männer vom Langen Tisch sollen gelacht haben. Ansonsten war das Tier ein gemütliches, kaum kläffendes Familienmitglied in der Form eines viereckingen Kohlenkastens. Ein Kohlenkasten, der auf Grund seiner seltsamen Körperform nicht schwimmen konnte. Einmal besuchte die Familie Freunde auf einem Bauernhof, natürlich mit Hund. Die Familie spazierte mit der Bauernfamilie durch die Ställe und über den Hofplatz. Dort gab es einen Tümpel, der mit Entenflott grasgrün bewachsen war und wie eine Wiese aussah.

Der ruhige Kohlenkastenhund sah die traumhafte Ersatzwiese, nahm einen kleinen Anlauf und sprang in den Tümpel, der ja eigentlich ein Wasserloch mit den gesammelten Abflüssen aus den Ställen war. Jetzt musste er schwimmen.

Er zappelte wie wild mit seinen Hinterbeinen und versank immer tiefer in das entenflottige Wasser. Nur seine Nasenspitze und seine schwarzen Augen waren noch zu sehen. Die Kinder schrieen, Mama schrie ihren Mann an:

»Tu was, rette den Hund«. Der Rendant entkleidete sich notgedrungen bis auf seine Unterhose und stapfte hinter seinem Hund her in den Hoftümpel.

Er ergriff seinen nicht schwimmfähigen Kohlenkastenhund und kam mit ihm wie Neptun an das rettende Ufer, total grün von Entenflott. Seine Freunde und seine Familie brachen bei diesem seltsamen Anblick in schallendes Gelächter aus.

»Nie wieder rette ich einen Hund für euch«, schimpfte der Rendant und verschwand im Haus unter der Dusche.-

Der Rendant bestellte sich aus dem Großhandelskatalog eine Hose nach Mass.

Seine Maße ermittelte er selbst, zunächst die Taille. Das war einfach.

Um die Länge des Hosenbeines heraus zu bekommen, stellte er einen Fuß auf einen Stuhl und ermittelte die Länge nach Luftlinie. Das angewinkelte Bein fand dabei keine Beachtung. Als die Hose dann ankam, passte sie im Bund hervorragend, die Beine endeten an der Wade. Die Länge der Hose reichte insgesamt gerade für den viel kleiner geratenen Wirt vom Bahnhofshotel. Dessen Bauch verschwand aber in dem maßgefertigten Beinkleid. So wurde es zum Dorfschneider transportiert und dort auf den Umfang des Gastwirtes reduziert. Am Ende hatte dieser dann die maßgeschneiderte Hose aus dem Katalog, reduziert auf seinen Umfang. -

Der Großhandelskatalog für landwirtschaftlich orientierte Betriebe war eine wahre Fundgrube, die wöchentlich Freude unter den Raibas verbreitete.

Ein bisschen Orient

Zu den Neugründungen im Gewerbegebiet gehörte eine Geflügelschlachterei, ausgestattet nach den modernsten Verarbeitungserkenntnissen. Da die Bauern als neuen Erwerbszweig die Geflügelhaltung in Großställen angenommen hatten, musste die Verarbeitung (Schlachtung, Verpackung, Versand) entsprechend angepasst werden. Und so kam dieses moderne Großschlachtungsunternehmen ins Dorf. Die Hühner wurden auf ein Fließband gesetzt, getötet, geschlachtet und nass von einer Maschine gerupft. Danach ausgenommen und zum Versand vorbereitet. Manchmal flatterte so ein Huhn vom Band und saß etwas blind und ratlos auf der Straße, Tageslicht kannte es nicht. Es wurde zurück gebracht in die Schlachterei oder auch nicht. Die gerupften Federn kamen zunächst als Naturdünger auf die umliegenden Felder. Da sie nicht gleich untergepflügt wurden, trockneten sie allmählich und flatterten wie Schneeflocken über die Dorfstrassen. Danach wurde eine Federverbrennung eingerichtet. Am Nachmittag breitete sich ein süßlicher Geruch über das Dorf aus, wenn die Verbrennung lief.

Später wurde dann eine Filteranlage eingebaut zur Geruchsminderung. Verbunden mit dem Bau der Fabrik war die Schaffung von Frauenarbeitsplätzen. Bei dem Arbeitskräftemangel in dieser Zeit musste Personal irgendwie angeworben werden, für die Geflügelschlachterei waren das türkische Frauen aus dem tiefsten Anatolien. Frauen, die im reichen Deutschland Geld verdienen wollten, um den Lebensstandard ihrer Familien zu verbessern. Von deutscher Lebensart hatten sie nicht die geringste Vorstellung. Die Sprache war ihnen total fremd. -

Die Männer im Dorf verdrehten die Augen, sie dachten wohl an »Tausend und eine Nacht« und all die edlen Geschöpfe in Schleiern und wenig darunter.

Also murmelten sie vor sich hin: »Wenn die Orientalinnen erst da sind, da seid ihr sowieso Asche.« Die Holsteiner Frauen sahen das eher gelassen, sie neigen nicht so sehr zur Dramatik. – Und dann kam der Bus mit den türkischen Frauen.

Da die Wohnunterkunft noch nicht fertig gestellt war, wurden sie zunächst im Gasthaus »Zur Mühle« einquartiert. Die Wirtin, bekannt als ausgezeichnete Köchin, wurde schnell ratlos. Die türkischen Frauen kannten kein deutsches Essen, sie rührten es nicht an. Die Lösung war dann, dass sie ihr Essen in der Küche des Gasthauses selbst zubereiten durften. Duschen waren für sie ebenfalls unbekannt. Sie stellten sich auf die Klobecken und begossen sich mit Wasser, um sich zu reinigen. Das Wasser floss auf den Fußboden und landete durch die Decke hindurch in der Gaststube. Die Bier trinkenden Männer einschließlich Wirt schauten verwundert auf das, was auf ihre Köpfe tropfte.

Ein Stammtischbruder verkündete beim Verkauf von Fleisch und Gemüse in seinem Laden ganz kernig: »In der Mühle gibt es jetzt keine Stühle mehr. Alles Mobiliar ist rausgeflogen. Die Gäste müssen da alle auf dem Fußboden sitzen«. War zwar gelogen, erzielte aber große Wirkung. So richtig Fuß fassen konnten die Orientalinnen nicht im Dorf, aber das war ja auch nicht ihr Ziel.

Berlin 1961

Die Dienstwohnung der Rendantenfamilie im alten Spadaka-Gemäuer war großräumig für eine junge Familie. Die ehemalige Speisekammer, drei Stufen hoch hinter der großen Küche ergab ein prima Gästezimmer. Im August 1961 hatten sich junge Freunde aus Berlin hier ferienmässig eingerichtet. Sie spielten mit den Kindern oder radelten an den See zum Schwimmen.

Am 13. August wurde die Sommeridylle schlagartig unterbrochen. Das Radio verbreitete Schreckensnachrichten. In Berlin standen sich russische und amerikanische Panzer gegenüber. Die Ostberliner Regierung hatte den Bau der Mauer, eines Schutzwalles gegen die feindliche Bundesrepublik beschlossen und sofort mit dem Bau begonnen. Die jungen Leute wollten heim in ihre bedrohte Stadt. Der Rendant und seine Frau machten sich große Sorgen um ihre jungen Gäste. Konnten sie die beiden reisen lassen?

Aber es gab kein Halten. Schließlich gingen sie mit dem jungen Mädchen zum Bahnhof und buchten eine Fahrkarte nach Berlin per Eisenbahn.

Den jungen Mann fuhren sie an die Hauptstrasse, er wollte per Anhalter zurück. Dann fuhren sie mit dem Auto nach Hohwacht und spazierten mehrere Stunden am Strand entlang. Abends setzten sie sich ans Telefon und warteten auf die Anrufe aus Berlin. Das junge Paar meldete sich, beide waren gesund und heil in Berlin angekommen, in einer Stadt, die nun eine Insel war. –

Kleiner Junge und Pferd

Das alte Gemäuer wurde umgebaut, ständig und in Etappen aber immer mit einem zünftigen Richtfest. Irgendwann verwandelte sich die Riesenküche in einen modernen Büroraum. Die Familie erhielt Schlafräume auf dem ehemaligen Boden und ein Badezimmer, außerdem eine Waschmaschine. Der Abwasserschlauch musste über die Badewanne gehängt werden. Das vergaß Mama einmal. So lief das Wasser durch die Decke und tropfte auf den neuen Bürotresen.

Erst als ein Kunde das Tropfen bemerkte, zur Decke schaute und fragte:

»Ist das so richtig?«, rannte der Rendant die Treppe zum Badezimmer hinauf und stoppte den Wasserstrom. Dieser Vorgang wiederholte sich nicht. –

Micky war ein Maurerfan. Sobald die Maurerkolonne wieder einmal auf einer der vielen kleinen Baustellen im Spadakagemäuer eintraf, geriet der kleine Junge in Aufregung und Hochform. Er bezog seinen Beobachtungsposten neben der Baustelle. »Du musst aber Arbeitszeug anziehen, sonst darfst du nicht auf die Baustelle«, sagten ihm seine Maurerfreunde. Und er rannte zu Mama und rief:

»Ich brauche Arbeitszeug, sonst darf ich nicht zu den Maurern«. Er kriegt eine alte Weste von seinem Vater an, dunkelblau mit weißen Streifen. Die unteren Westenzipfel reichten ihm bis über die Kniee. Dann ging es wieder hinaus. Die Mauerleute erklärten sein Arbeitszeug für in Ordnung. Und während sie Steine und Zementmörtel zusammen fügten, erzählten sie dem kleinen Jungen wilde Geschichten. Sie erzählten ihm sozusagen was vom Pferd. Und das stimmte tatsächlich. Auf der Koppel gegenüber weidete ein kleines Pony. »Wenn wir mit der Arbeit fertig sind, dann heben wir dir das Pony über den Zaun. Dann kannst du es haben«, versprachen ihm seine Maurerfreunde. Nun ließ sich das Kind überhaupt nicht mehr von der Baustelle entfernen. Es saß und saß und saß und wartete auf das Arbeitsende seiner Freunde. Es wartete auf das kleine Pony von der Koppel gegenüber. Und was taten diese Männer. Zu Feierabend schlichen sie hinter dem Rücken des kleinen Jungen vom Hof, und das Pony blieb, wo es war. Auf der Koppel gegenüber.

Warnungen aus der Unterwelt

Manchmal erhielt der Rendant über die Polizei Warnungen aus der Unterwelt wegen eines geplanten Bankeinbruchs. In der Flensburger Gegend waren Ganoven vor Gericht gekommen, die einen dieser geplanten, aber nicht durchgeführten Überfälle gestanden. Sie hatten die Spadaka von W-Village besichtigt, als noch der

Wind durch die Fensterrahmen pfiff. Dann waren die Fenster im Zuge der Umbaumaßnahmen ausgewechselt worden und die unvollendeten Bankräuber gingen davon aus, dass eine neue Alarmanlage mit eingebaut worden war. Sie verzichteten auf den geplanten Überfall, gestanden ihren Plan aber vor dem Flensburger Gericht. – Nach einer anderen Warnung saßen die Polizisten mit Maschinenpistolen beim Rendanten im Sitzungsraum und warteten auf das große Ereignis. Auch hier entschieden sich die Ganoven um, und die Polizisten konnten wieder zum Alltagsdienst zurück kehren. Bei einem Überfall auf eine Spadaka-Filiale in einem Nachbardorf warf der Bankräuber, der sich einen weißen Kittel zur Tarnung angezogen hatte, diesen nach dem Geldraub hinter den nächsten Knick und verschwand. Er hatte dabei vergessen, dass der Kittel mit seinem Namen gekennzeichnet war. Die Verhaftung des Gangsters erfolgte postwendend. Das sicher gestellte Geld, mit dem er Schulden bezahlen wollte, konnte nicht der Bank zurück erstattet werden, da es keinen Beweis dafür gab, dass gerade diese gefundenen Scheine aus dem Raub stammten. Die Nummern der Banknoten waren nicht registriert worden. -

Wenn die Raiba-Familie über so einen geplanten Überfall nachdachte und anfing sich zu graulen, besonders Oma Anna entwickelte manchmal bei ihren Besuchen solche Ängste, dann verzog sich die Gesamtfamilie in die neu erbauten Schlafräume im Obergeschoß und fühlte sich unter den Bettdecken irgendwie sicher. -

Der Spadaka war eine Wäscherei angegliedert. Hier hatten fünf Frauen ihren festen Arbeitsplatz. Mit einem

DKW-Bus wurde schmutzige Wäsche von den Kunden herbei geholt und nach sorgfältiger Reinigung und spitzenmäßiger Bügelei von Oberhemden wieder zu den Kunden zurück gefahren. Für Bett- und Tischwäsche gab es eine große Heißmangel. Das Heißwasser der Wäscherei wurde nach Feierabend in einen kleinen Nebenraum mit Badewanne umgeleitet. Hier konnten die Raibafamilie und sonstige Gäste regelmässig baden, bis schließlich im Haupthaus Badezimmer entstanden. Die Wäscherei-Frauen waren zugleich perfekte Hausfrauen. Mama erhielt von ihnen die Grundkenntnisse in Sachen Haushalts- führung. Sie erteilten ihr gerne und freundlich die benötigten Auskünfte.

Papas Turm

1964 trafen der Rendant und die Männer vom Langen Tisch eine Riesenentscheidung für die kleine ländliche Genossenschaft. Sie beschlossen den Bau eines 750-t-Silos mit Getreidetrocknung und Mahl- und Mischanlage für Schweineschrot Die Mitgliederversammlung gab ihr Einverständnis. Zu dieser Zeit breiteten sich die hohen, viereckigen Silotürme über die Dörfer in Schleswig-Holstein aus. Anzusehen waren sie wie riesige Bleistifte mit kantigen Hüten, weit sichtbar und aus allen Himmelsrichtungen zu erkennen, lange bevor man ein Dorf erreicht hatte.

Ein großes Stück Familiengarten fiel der Planung zum Opfer. Aber die Kinder waren ja sowieso dem Wurzelbabynahrungsalter entwachsen. In Auftrag gegeben war der Bau eines Betonsilos. Dafür gab es eine Holz-Eisen-Konstruktion, eine Art Kuchenf orm, die mit dem Baufortschritt hydraulisch mit in die Höhe gedrückt wurde.

Ein Betonsilo muß in einem Rutsch gegossen werden, egal wie das Wetter gerade ist. Es war ein echtes Holsteiner Sauwetter, als der Riesenkran auf dem Betriebshof eintraf und die Bauarbeiten begannen. Der Kran beförderte die nasse Betonmasse in die Bauform. Runde um Runde wuchs der Silokörper in die Höhe. Pause machen ging nicht. Der Betonbrei konnte sich nur feucht verbinden. Die Schüttarbeiten liefen bei Sturm und Regen bis in die Nacht hinein. Ein viereckiger Betonkörper, innen hohl, wuchs dem Himmel entgegen.

Die gesamte Spadaka-Grossfamilie und viele interessierte Zuschauer sahen dem Entstehen dieses höchsten Bauwerks des Dorfes zu. Kommentar eines Maurers beim Anblick dieses seltsamen Bauwerkes mit Hut: »De Schornstein is ja nun ferdig. Wann kümmt denn de Fabrik?«

Das Getreide konnte jetzt von den Bauern lose auf Anhängern angefahren, automatisch gewogen und in eine riesige Auffangschütte gekippt werden. Der Silo wurde unterteilt in hohe Zellen, die miteinander verbunden waren. Durch Umlaufvorrichtungen konnte das Korn aus einer Zelle getrocknet und dann über ein Förderband in die nächste Zelle geleitet werden. Das getrocknete Getreide wurde per LKW zum Kieler oder Hamburger Hafen gebracht. War das ein Fortschritt für die Aufnahme einer Getreideernte!!!. Während der Erntezeit bildete sich eine lange Trecker-Warteschlange vor der Getreideannahme. Das ganze Bahnhofsgebiet versank in dem Staub der am Silo abgeschütteten Getreidesorten.

Die Trocknungsanlagen liefen sowohl bei der Spadaka als auch bei der Konkurrenz Tag und Nacht und machten permanente Geräusche. Ein Zeichen, dass die Ernte Hochkonjunktur hatte. Je länger die Trecker-Warteschlange wurde, umso glücklicher der Rendant. Zur Verkürzung der Wartezeit gab es im kleinen Büroverschlag des Lagermeisters ein Bier für die Kunden. Im Siloinnern führte eine Treppe bis hin zum Mützendach. Die Kinder liefen leichtfüßig die Stufen hinauf. Mama trabte hinterher und schrie: »Wartet, nicht so schnell. Fallt mir nicht vom Turm«. Oben auf dem Turm gab es einen Umlauf mit einem Eisengitter. Man konnte das Mützendach umrunden und ganz weit in die Holsteiner Landschaft hinein schauen. Für den Rendanten, die kleine ländliche Genossenschaft und ihre Kunden war mit diesem Bauwerk, dem Siloturm, der Einstieg in die moderne Landwirtschaft geglückt. – Der Turm ist heute in anderen Besitz übergegangen und hat nicht mehr die Bedeutung für die Landwirtschaft wie zum Zeitpunkt seines Entstehens. Außerdem ist er eine Art Funkturm geworden mit vielen Antennen. Aber er ist auch heute noch weit sichtbar. Egal aus welcher Richtung du kommst, er zeigt dir an, dass du dein Dorf bald erreicht hast, dass du wieder daheim bist.

Kinder – Kinder – Kinder

Musiktalent

Wir werden ihm ein Klavier kaufen«, flüsterte die Großmutter und schaute verzückt auf das gelbrote Wesen, ihr erstes Enkelkind, Enkelsohn, bitte sehr!

»Aber Mutti«, wagte die Tochter, zugleich Mutter dieses einmaligen Wesens zu antworten, »wollen wir nicht wenigstens warten, bis sich zeigt, ob er überhaupt musikalisch ist? Es könnte doch sein, dass er später einmal so singt wie sein Vater.« »Hört ihr das, wie sein Vater. Wie ich! Was will meine Frau damit sagen, natürlich, dass ich von Musik nichts verstehe. Das will sie mir immer einreden.

Immer sagt sie, ich treffe die falschen Töne!« »Nein, mein Lieber, ich freue mich, wenn du singst und fröhlich bist. Aber zum Klavierspielen gehört mehr.

Nicht nur der Plan einer Großmutter. Wir sollten wirklich etwas Geduld haben.

Ein Klavier kostet viel Geld«. Und so wurde der Kauf eines Klavieres erst einmal verschoben.

Der Knabe wuchs heran. Und in ihm die Freude am Gesang. Unbekümmert ließ er bald seine Stimme erschallen. »Alle meine Entchen« und »Hänschen klein ging allein …« Die Texte behielt er recht gut, nur mit den Tönen nahm er es nicht so genau. »Wie der Vater«, dachte die Mutter ganz tief in sich.

Denn ihr Kind sollte kein gehemmtes Kind werden,

sollte seine Stimme gebrauchen nach Herzenslust. Dazu war sie ihm gegeben. Nur einmal vergaß sie ihre Vorsicht und sagte in Gegenwart der Großmutter, ohne an deren Anwesenheit zu denken: »Ich weiß nicht, die kleine Gudrun von nebenan trifft immer den richtigen Ton. Bei ihm sind es laufend Variationen. Erstaunlich, wie das in kleinen Kindern schon drinsteckt. Es muß an der Erbmasse liegen«. »Es liegt nicht an der Erbmasse, es liegt an dir, meine Tochter. Du singst nicht genug mit dem Kind, woher soll er die richtigen Töne lernen, wenn sie ihm keiner richtig vorsingt«.

Enkel sind für Großeltern höhere Wesen, nicht messbar mit normalen Maßstäben.

Das Kind wurde schließlich Schulkind. »Du, Mutti, wir haben heute ein tolles Lied gelernt«, sagte er nun oft und freute sich dabei. »Soll ich es dir einmal vorsingen?«

»Klar doch«, antwortete die Mutter, denn an der Freude ihres Sohnes wollte sie teilhaben. Einmal handelte es sich um ein Liedchen von den Bienen, dann um einen verloren gegangenen Hahn, um Wiede-wiede-wenne, sagt meine Puthenne. Alles bekannte Kinderlieder. Er sang laut und kräftig, in Variationen.

Jedesmal klang jedes Lied etwas anders. Die Mutter hatte sich daran gewöhnt.

»Heute habe ich freiwillig vor der ganzen Klasse gesungen«, berichtete er eines Tages seiner erstaunten Mutter. »Aber wieso denn freiwillig«. »Natürlich, wir dürfen uns dazu melden. Entweder können wir etwas aus unserem Leben berichten oder ein Lied singen. Da habe ich lieber gesungen«. »Ja, ja, natürlich« nickte die Mutter, »aber könntest du nicht das nächste Mal lieber aus deinem Leben….«

»Ach, Mutti, das Singen geht viel einfacher«. Logik hatte der kleine Bursche.

»Ich brauche morgen 13 Mark, Mutti. Ganz dringend«, sagte er eines Tages.

»Aber wozu? Das ist viel Geld«. »Wir konnten uns in der Schule zum Blockflöten-Unterricht melden. Und die Flöte kostet 13 Mark. Ich habe gesagt, du würdest dich freuen«. Im Verhältnis zum Klavier erschien ihr das wirklich sehr preiswert.

Jedem seine eigene Persönlichkeit

Die Hennen im Hühnerstall meiner Mutter unterbrachen ihre Eierproduktion in jedem Jahr für eine Weile, um sich der letzten Stufe der Vermehrung, nämlich dem Brüten zu widmen. Sie fingen an zu glucken. Meine Mutter machte ihnen ein Nest mit Eiern zurecht und schmuggelte ihnen dabei ein paar artfremde Enten- oder Gänseeier mit hinein. Ich erinnere mich sehr gut an ein Huhn, das voller Stolz zwei von ihm ausgebrütete Gänsekinder spazieren führte. Nun entdeckten die Gänschen eines Tages zum Entsetzen ihrer Adoptivmutter den nahe gelegenen See und segelten bald mit sichtlichem Vergnügen über das Wasser. Mutter Henne rannte aufgeregt am Ufer hin und her, machte ein Riesenspektakel und fürchtete um das Leben Ihrer Gänsekinder. Ruhe kehrte erst wieder ein, als die Gänschen an Land zurück kehrten und festen Boden unter den Füßen hatten.

So ähnlich ergeht es einem als Mutter, wenn man entdeckt, daß die Kinder, die man so ganz und gar zu kennen glaubt, sich ihre eigene Welt zurecht machen.

Natürlich kann man dann nicht einfach ein Spektakel aufführen wie eine Tiermutter.

Dazu ist eine Menschenmutter ja viel zu sehr von ihrem Verstand geprägt.

Aber sorgen tut man sich doch, wenn auch sehr diskret. »Was ist für mein Kind gut? Gebe ich mir genug Mühe? Kann ich es noch verstehen oder hat es sich bereits vor mir verschlossen? Bin ich zu weich oder zu hart? Fühlt es sich tatsächlich glücklich?« Viele Fragen, auf die es eine einfache Antwort nicht gibt.

Jeder Mensch trägt einen Teil in sich, der nur ihm alleine gehört. Ein Stück Einsamkeit, ein Stück ureigenste Persönlichkeit. Es stimmt einfach nicht, wenn behauptet wird, der Vater sei genauso wie der Sohn, die Mutter wie die Tochter. Irgendwo ist immer eine Verschiedenheit, auch wenn sich oberflächlich eine große Familienähnlichkeit bemerkbar macht.

Je vertrauter man einem Menschen ist, je enger die persönliche Bindung, umso schwieriger wird es, den oftmals notwendigen Abstand zu halten. Wenn man sich mit seinen Lieben in Gedanken sehr oft befasst, dann tauchen eben viele Dinge auf, um die man sich Sorgen machen könnte. Dabei weiß man genau, dass man nicht in der Lage ist, jede Gefahr zu bannen, jedes Hindernis aus dem Weg zu räumen. Ein Mensch wächst nicht daran, dass ihm alle Schwierigkeiten fern gehalten werden, sondern daran, dass er lernt, sie aus eigener Kraft zu meistern. Wie einfach man das sagen kann.

Nur eines sollte man versuchen seinen Kindern zu vermitteln: »Wenn einmal alles schief gelaufen ist, wenn die Welt ganz und gar traurig erscheint, dann ist da jemand, der mich liebt, der sich freut, mich zu sehen. Der mich so nimmt, wie ich eben bin.

Zu meinen Eltern kann ich immer kommen«.

Und das Nilpferd ist doch ein Nashorn

Mein Sohn hat von seinem Freund ein Kartenspiel geschenkt bekommen, so mit Nahrungsmittelreklame hinten drauf. Und vorne drauf sind Tiere. Sie verstehen zwar beide noch nichts vom Kartenspielen, aber sie kennen schon allerhand Tierarten. Da gibt es Affen, Giraffen, Tiger und Nashörner. »Nein«, sage ich zu den beiden Burschen, »das ist kein Nashorn, das ist ein Nilpferd. Ein Nashorn hat auf der Nase ein Horn, darum heißt es so.«. Der Freund meines Sohnes schaut mich empört an. »Das ist ein Nashorn«, behauptet er weiter. »Mami«, fragt mein Sohn, »was ist das nun«. »Ein Nilpferd. Ihr müsst das lernen, damit ihr es wisst, wenn ihr einmal in die Schule kommt«. »Du«, sagt unser kleiner Nachbar, »das ist doch ein Nashorn. Meine Mutter hat das gesagt«.

Da fällt bei mir der Groschen. Wenn seine Mutter das gesagt hat, kann er überhaupt nichts anderes glauben. Er ist in einem Alter, in dem die Eltern von Kindern noch mit dem Glorienschein der Allwissenheit umgeben sind. Kein Zweifel in der Kinderseele hat bisher die elterliche Einmaligkeit benagt. Wie kurz ist die Zeit dieser Unantastbarkeit. Wie schnell kommen Kinder darauf, dass Eltern durchaus nicht allwissend sind, dass ihnen Fehler unterlaufen, dass sie absolut keine höheren Wesen sind. Und wie groß ist dann oftmals die Enttäuschung, die trotzdem nützlich ist, denn sie öffnet den Kindern die Augen für das Leben.

Jetzt meinen sie, sie seien endgültig erwachsen. Niemand könne sie mehr täuschen.

Sie treffen Menschen, viele verschiedene, sie glauben, sie zu kennen. Sie legen sich in ihrem Hirn zurecht, wie diese Menschen ihrer Meinung nach reagieren müssten. Das stimmt natürlich nicht. Und so ist eine erneute Enttäuschung, die einmal beim Einsturz der elterlichen Unfehlbarkeit begann, vorprogrammiert.

Bis vielleicht einmal die Erkenntnis wächst, aber nur vielleicht, dass jeder so leben muß, wie er es seinen Fähigkeiten gemäß kann. Und dass man die Eigenarten des anderen als gegebene Tatsachen respektieren muß. Toleranz ist dafür der schlichte Begriff. Wie schwer ist es, sie zu erlernen.

Aber trotz allem, bei nächster Gelegenheit fahre ich mit meinem Sohn zum Tierpark und zeige ihm Nashörner und Nilpferde.

Preis der Technik

Vor einiger Zeit bekamen unsere Kinder von Bekannten ein ausrangiertes Auto geschenkt. Es wurde von ihnen und sämtlichen Nachbarkindern mit Jubel aufgenommen. Sie schrubbten es von allen Seiten, bemalten es mit Tusche, luden ihre Schätze und den Hund ein und schoben es hin und her. Glücklich das Kind, das jeweils hinter dem Steuer sitzen, lenken und bei Bedarf sogar die Bremse treten durfte.

Es ist uns heute selbstverständlich, dass sich Kinder sehr früh mit Technik, insbesondere mit dem Funktionieren von Autos vertraut machen. Schon durch das Mitfahren mit den Eltern. Die Kinder haben die technischen Vorgänge begriffen lange bevor das Gesetz ihnen den Umgang damit erlaubt. Gerne würden sie es ausprobieren, nur einmal ganz kurz. Ob das Auto auch wirklich fährt? Aber das Gesetz schützt sie vor sich selbst. Es genügt eben nicht, ein Auto technisch zu begreifen, es in Gang zu setzen. Es gehört das Wissen und die Einsicht dazu, dass nur ein diszipliniertes Verhalten ein Fahren auf unseren Straßen überhaupt erst möglich macht. Und trotzdem haben wir die hohen Unfallziffern. Wie oft endet ein vergnügter Abend heute mit einem Krankenhausaufenthalt, mit Zeitungsberichten, mit einer Gerichtsverhandlung, mit Bestrafung. Und dabei kann man noch von Glück sagen, wenn es nur materielle Schäden gegeben hat. Nicht ausdenkbar, welch ein Berg Leid sich hinter den täglich sich wiederholenden Angaben über Unfälle verbirgt.

Ich wehre mich gegen die Auffassung, diese Dinge als Schicksalsschläge hinzunehmen sind, als normale Zugeständnisse an die Technik. Gewiß, undiszipliniertes Verhalten im Straßenverkehr wird bei uns streng bestraft. Aber es ist eine alte Tatsache, dass Strafandrohungen einen Unbedächtigen noch nie von einer Unüberlegtheit zurückgehalten hat. Im Kindergarten beginnt man mit der Verkehrserziehung. Das ist unbedingt notwendig. Es muß gezeigt werden, wie man sich verhält, damit gar nicht erst ein Unglück geschehen kann. Die Industrie ist in der Lage, Autos zu bauen, die mühelos hohe Geschwindigkeiten erreichen. Nur haben wir bei der heutigen Verkehrsdichte kaum Straßen, diese Geschwindigkeiten auszufahren.

Ich fühle mit den Eltern, die vor ihrem toten Kind stehen, das wenige Minuten jugendlicher Unüberlegtheit mit des Verlust des Lebens bezahlen musste.

Mit der Familie, deren Vater bei einem Autoaufprall zerschmettert wurde.

Das ist keine Selbstverständlichkeit, die man hinnehmen muß. Wir wollen uns die Technik zunutze machen, nicht von ihr beherrscht werden auf so grauenhafte Weise.

Der Preis ist zu hoch.

Und ab und zu ein Fest

»Mami, dein Kleid ist ja voll Feuer«, sagt der Sohn voll Staunen und bewundert das »Allerbeste«, das für das Fest am Abend bereit hängt und das anfängt zu leuchten, wenn ein Lichtstrahl über es hinweghuscht. »Weißt du, Mami, wenn ich groß bin, dann kannst du mir alle deine Kleider schenken«, meint die außerordentlich praktisch veranlagte kleine Tochter. »Wieso, wenn du groß bist, dann kannst du dir doch selbst Kleider kaufen. Dann gehst du zu einer Schneiderin und suchst dir ein hübsches Kleid aus.« »Ich möchte aber lieber deine Kleider,« beharrt das Kind. Kleider kaufen, eine Schneiderin, das sind zu unsichere Begriffe. Der Kleiderschrank der Mutter, das ist eine Tatsache, die man direkt vor Augen hat, an die man sich als kleines Mädchen halten kann.

»Ist das Kleid für heute Abend richtig?«, fragt die Frau ihren Ehemann, der sich gerade unauffällig zurück ziehen möchte. Er zuckt die Achseln. Nie wird er begreifen, warum um ein einziges Fest so viel Theater gemacht wird, warum dies Kleid und nicht jenes, warum die Schuhe. Warum, warum, auch du liebe Zeit, wie viele »Warums« es gibt. Seine Ehefrau lässt sich durch das Achselzucken keineswegs beirren. Vielleicht hat sie es nicht einmal bemerkt. Ein Fest ohne Vorbereitung, das wäre doch langweilig. »Ich will mich nicht freuen. Ich will mich kein bisschen freuen. Sicher wird das eine triste, ganz öde Sache,« redet sie vor sich hin.

Vor Festlichkeiten wird sie nämlich abergläubisch. Sie bildet sich ein, wenn man sich ganz besonders vorher freut, geht irgend etwas schief. Und darum redet sie sich ein, dass ihr wirklich kein bisschen daran liegt, dieses Fest zu besuchen.

Für den Mann ist ein Ball eine Tortour, die er angeblich nur seiner Frau zuliebe über sich ergehen lässt. Was sie unbeeindruckt zur Kenntnis nimmt. Dieses Einzwängen in seine Festtagskleider. Ihn freut es auch nicht, dass ihm eine Nacht mit Tanz und Musik bevorsteht. Da bricht ihm doch gleich schon bei dem Gedanken der Schweiß aus. Unerklärlich bleibt allerdings die Tatsache, dass Männer, wenn sie erst einmal auf einem Fest sind, es dort sehr lange aushalten und keineswegs immer dann mit nach Hause möchten, wenn ihre Ehehälfte es wünscht.—

Und dann wird es doch ein richtig nettes, schönes Fest, auf dem man eine ganze Menge Schwung und Mut für den Alltag getankt hat. Was tut es schon, dass einem am Schluß die Füße schmerzen, dass man seine Schuhe am liebsten im allertiefsten Dorfteich versenken möchte. Daß die Nacht fast vorbei ist, für den Schlaf nur noch eine kurze Zeit bleibt.

»Klick, klick, klick«, klingt es durchs Schlafzimmer. Die Frau reißt gewaltsam die Augen auf, schaut durch den Raum, um festzustellen, woher das eigenartige Geräusch kommt. Da sieht sie ihre kleine Tochter im Schlafanzug mit den Stöckelschuhen der Mutter vor dem Spiegel auf und ab schreiten. Sofort schließt sie wieder die Augen.

Bis jemand an ihrem Ärmel zupft. »Mutti, ich habe Hunger«, flüstert der Sohn leise und rücksichtsvoll. Sie kämpft verzweifelt mit ihren Augenlidern, die immer wieder zuklappen wollen, kabbelt dann voll Tapferkeit aus dem Bett in Richtung Dusche, greift nach dem Alltagszeug und beginnt, das Frühstück zu bereiten. Aber ein schönes Fest war es ganz sicher.

Nachsicht üben

»Darf er das«, sagt das kleine Mädchen und blickt mich ganz erstaunt an. Ich wundere mich über die Frage und muß erst einmal nachdenken, ob »er das darf«.

Mein Sohn nämlich, der voll Begeisterung die Wand über seinem Bett mit Ansichtskarten bepflastert. Warum sollte er eigentlich nicht. Ist er doch ständig auf der Suche nach Bildern, in Büchern, in Zeitschriften, in Tageszeitungen. Er kann zwar noch nicht lesen, aber schauen und anschauen recht gut. Im übrigen hat er mir vor einiger Zeit erklärt, dies sei seine Wand über seinem Bett. Die Wand wolle er nun schön machen, ich brauchte mich nicht darum zu kümmern. »Ja, das darf er«. Das kleine Mädchen macht große Augen und sagt nichts mehr. Sie stammt aus einer sehr ordentlichen Familie, in der es wegen einer mit der Heftzwecke an der Wand befestigten Ansichtskarte leicht zu einem Drama kommen könnte.

Meine Tochter hat andere Neigungen. Als ich neulich in die Küche kam, ringelte sich eine Anzahl Regenwürmer über den Fußboden. Sie hatte sie im Garten gesammelt, in einen kleinen Karton getan und in die Küche gestellt. Und die dummen Würmer wussten diesen prächtigen Aufenthalt nicht zu schätzen und flohen über den Rand. Ich habe die Tierchen eingesammelt und nach draußen gebracht. –

Ganz schwach kann ich mich daran erinnern, dass ich als Kind Babyfrösche sehr geliebt habe, sie in meine Taschen einlud und heim trug. Wenn ich mir nun vorstelle, meine Tochter hätte die gleiche Liebe in sich gespürt und lauter Frösche durch die Küche hüpfen lassen. Nein, dann doch lieber Regenwürmer.

Kinder haben sehr verschiedene Anlagen und Interessen. Nicht das kleine Löchlein in der Tapete, das beim Anheften einer Karte entsteht, ist das Problem. Viel bedeutsamer finde ich die Freude des Kindes an den abgebildeten Dingen, an Landschaften und Gestalten. Diese Aufmerksamkeit gilt es zu stärken und zu erhalten. Ebenso ist es unrecht, einem kleinen Menschen, dem die Liebe zu allem Lebendigen bei der Geburt mitgegeben wurde, diese Liebe und Anteilnahme zu vergraulen. Jedes Lebewesen ist ein Naturwunder in sich, sei es nun ein Regenwurm, ein Frosch, ein Hund oder ein Grashalm.

Auf einer politischen Versammlung sagte ein recht kluger Mann: »Es kommt nicht darauf an, durch welche Räume Kinder gehen, sondern durch welche Hände«. Dieses Wort hat mich sehr beeindruckt, obgleich es ganz schlicht ist.

Aber einmal habe ich gestreikt, als nämlich meine Kinder mit einem Karton in der Hand ankamen und riefen: »Mutti, komm schnell. Hol Milch und Brot. Wir haben kleine Mäuschen, die müssen etwas zu essen haben«. Ich habe die Kinder, Karton und Mäuschen an die Luft befördert.

Lehrer sind auch Menschen

Was Frau J., die junge Lehrerin meines sechsjährigen Sohnes ausspricht, ist Gesetz, unantastbar, darf von niemandem in der Familie in Zweifel gezogen werden.

Wer es wagt, sei es Vater, sei es Mutter, hat es mit einem schluchzenden, verzweifelten Kind zu tun. Nach den Ferien ist Frau J. nicht mehr da. »Weißt du was, Mami«, berichtet der Sohn, »Frau J. hat ein Baby bekommen. Und so ein ganz kleines Kind darf man nicht allein lassen. Sie kommt aber bald wieder. Wenn die nächsten Ferien sind. Am Sonnabend, dann sind doch Ferien, dann kommt sie wieder zu uns«. Wochenenden sind nun aber keine Ferien, so ist die Freude verfrüht.

Inzwischen übernehmen andere Lehrkräfte die Schulanfänger. Jeden Tag ein neuer Lehrer, jeden Tag eine etwas andere Methode, die Kleinsten in der Schule, die sowieso ein ziemliches Lernpensum zu bewältigen haben, geraten in Verwirrung. Ein Durcheinander ist entstanden bei den Schulaufgaben, Eltern telefonieren nachmittags hin und her. Man ist ratlos. »Weißt du was«, sagt die Mutter,

»morgen komme ich mit dir in die Schule. Ich werde mit den Lehrern sprechen«.

»Aber Mutti, du kannst doch nicht in unsere Schule kommen«. »Warum denn nicht, du wirst schon sehen«. Und so erscheinen die beiden am nächsten Tag in der Klasse.

Das Gespräch ist in gegenseitigem Verständnis mit den Lehrern schnell und in freundschaftlichem Ton geführt. Die Schulaufgaben werden künftig auf der Tafel notiert.

Wie oft geschieht es, dass durch ein Missverständnis die Schule für die Kinder zur Bedrückung wird, obgleich dieses Missverständnis durch ein kurzes Gespräch schnell ausgeräumt werden könnte. Eltern kennen ihre Kinder, sie wissen um ihre Schwächen. Von neuen Lehrern kann man das nicht sofort erwarten. Sie müssen sich erst langsam an die Kinder heran tasten. Daß es dabei zu Fehleinschätzungen kommen kann, lässt sich nicht vermeiden. So wurde ein kleiner Junge aus der Nachbarschaft, der an einem Augenfehler litt, in der Schule auf die letzte Bank verfrachtet, ohne dass die Eltern Einspruch dagegen erhoben. Das Kind hatte in seiner ersten Schulzeit enorme Schwierigkeiten, obgleich es ein recht aufgewecktes Kind war. Ein Platz in der ersten Reihe hätte ihm sicher geholfen.

Man sollte nicht um jede Kleinigkeit in die Schule rennen und einen großen Wirbel veranstalten. Aber ein sachliches Gespräch in freundschaftlichem Ton zwischen

Lehrern und Eltern hilft Schwierigkeiten beseitigen und erhält den Kindern die Lust an der Schule.

Das ist keine Männerarbeit

»Das ist keine Männerarbeit«, sprach der 6-jährige Sohn in vorwurfsvollem Ton, setzte sich in den nächsten Sessel, schlug elegant ein Bein über das andere und wartete mit gespanntem Gesicht auf die Reaktion seiner Mutter. Die zunächst nicht kam, denn die Mutter musste erst einmal nachdenken.

»Sollte es bei ihm in der Erbmasse liegen«, ging es ihr durch den Sinn, »oder wie kommt er zu dieser Weisheit. Vom Vater stammt sie nicht. Der hat gelegentliches Helfen im Haushalt noch nie als schädlich für seine Männerwürde angesehen.

Vielleicht vom Großvater? Erbanlagen sind immer noch voller ungelöster Rätsel.«

Männerarbeit und Frauenarbeit, gibt es in der Familie oder in einem Familienbetrieb überhaupt diese Trennung? Gewiß sind da Aufgaben, die auf Grund körperlicher Vorraussetzungen besser von Männern erledigt werden sollten. Andererseits erledigen Frauen Hausarbeiten, ohne besonders darüber zu reden.

Aber bei vielen Dingen des täglichen Lebens und Arbeitens, da sollte doch jeder nach seinem Vermögen mit anpacken, wenn er dazu in der Lage ist.

Vor Jahren waren in Haushalten und in der Landwirtschaft viele Hilfskräfte beschäftigt. Die sind heute eine

Rarität. Dafür wurden Maschinen angeschafft, die sich aber auch nicht selbst und von alleine betätigen. Und darum sind Kinder nicht überfordert, wenn sie mit kleinen Besorgungen das Familienleben unterstützen.

So lernen sie Selbständigkeit und Eigenverantwortung und Respekt vor der Arbeit der Erwachsenen.

»Mein Sohn«, sprach darum die Mutter mit ernster Miene, »du wirst jetzt in großer Eile deine Beine entwirren, dich auf deine Füße stellen, diese Tasse ergreifen und sie in die Küche tragen. Jeder Mensch muß seine Aufgaben erfüllen. Und Geschirr in die Küche bringen, das ist nicht besonders schwer für einen großen, starken Jungen«. Der Sohn erhob sich und begab sich mit seiner Aufgabe aus Porzellan aus dem Zimmer. »Klirrrrrr«, ertönte es einige Sekunden danach. Und ein erschrockenes Jungengesicht schaute durch die Türöffnung. »Leider«, sagte das Kind, »leider ist mir die Tasse aus der Hand gerutscht«. »Das habe ich gehört«, sagte die Mutter, »aber weißt du, wenn du das erst zehnmal gemacht hast, dann passiert dir das nicht mehr«. Und sie hoffte, dass vielleicht in zwanzig Jahren eine Schwiegertochter einmal von diesem etwas mühsamen Erziehungsvorgang profitieren könnte.

Schule bildet

Schule bildet. Seit der Sohn die Stätte staatlich angeordneter Geistesförderung aufsucht, seit er sich mit Begeisterung in die Schar kleiner Lesebuch- und Rechenbuchkonsumenten eingereiht hat, ist in der Familie der Anstieg des geistigen Niveaus zu verzeichnen. Besonders die Mutter bekommt es zu spüren.

»Weißt du, Mutti, meine Lehrerin kennt es natürlich besser als du. Die Stacheln vom Tannenbaum sind nämlich keine Stacheln sondern zusammengerollte Blätter. Und wenn man nicht ordentlich gewaschen wird, kommt keine Luft mehr durch die Haut, durch die kleinen Löcher, die heißen ……« »Poren«, sagt die Mutter. »Ja Poren«, bestätigt der Sohn, »aber dass weiß meine Lehrerin viel besser«. Die Mutter nickt ergeben und fragt sich im Stillen, ob ein Vollbad täglich wohl ausreichend ist für die Luftzirkulation. Manchmal könnte der Sohn auch sehr gut zwei vertragen.

»Mutti«, sagt er eines Tages nach Rückkehr aus der Schule, »stell dir vor, einige Jungs sind keine Kavaliere. Die boxen Mädchen. Und unsere Lehrerin mag das nicht haben. (Ob er seine Schwester nicht als Mädchen wertet, ist nicht zu klären. Der gerade noch so empörte Kavalier, Richter über seine gar so bösen Klassenkameraden, ficht mit ihr bedenkenlos Boxkämpfe aus.) »Ich habe eine neue Freundin«, verkündet er, »die ist hübsch und hat schöne lange Haare«. Mutter und Schwester können nur Kurzhaarfrisuren aufweisen. »Ich werde sie fragen, ob sie mich heiratet. Aber das kann ich nur, wenn wir alleine sind«. Man erkennt daraus, dass seine Absicht durchaus ernst gemeint schein. Nur ist dies bereits der zweite Antrag in den letzten sechs Monaten. Er wird hoffentlich nicht zur Bigamie neigen.

»Weißt du, was die alten Ägypter gemacht haben. Guck mal, ich hab das aufgemalt.

Menschen haben die geprügelt.« Mutter und Sohn sehen bei dem Gedanken entsetzt auf das Blatt Papier, das angefüllt ist mit seltsamen Figuren. In Braun und Grün. Sie haben Ähnlichkeit mit vereinzelt in die Wüste gepflanzte Kakteen, werden aber als Gestalten des alten Testamentes alle nacheinander erklärt. Religion ist sein Lieblingsfach wegen der wundersamen und manchmal auch schaurigen Geschichten. Zum Glück fragt der Junge nicht, ob die Menschen sich auch heute noch gegenseitig quälen.

»Eine Mutter muß bei den Schularbeiten immer dabei sitzen«, hat unsere Lehrerin gesagt. Und was »unsere Lehrerin« gesagt hat, bedeutet soviel wie Gesetz.

»Ein Rabennest« liest der Junge, »und 1-2-3 Eier sind darin. Horst will die mitnehmen.

»Nein, nein«, weint Rosa, die Rabenmama. »Mutti«, sagt der Junge, »ist das nicht traurig. Einer Mutter darf man doch die Kinder nicht wegnehmen.« »Nein«, sagt die Mutter, »das darf man nicht«. Und so werden beim Lesen gleichzeitig zwischenmenschliche Gefühle gepflegt.

Zeitkrankheit Nervös

Ein junger Mann steht vor Gericht. Er hat sein fünf Wochen altes Baby erschlagen.

»Sein Geschrei hat mich so nervös gemacht«, gibt er als Tatmotiv an. Kein Zeichen der Reue, der Trauer um das kleine Wesen. Wie ein lästiges Insekt hat er es zerquetscht. Ein Autofahrer überfährt einen Menschen und macht sich aus dem Staube. »Es hat mich nervös gemacht, als ich ihn so bewegungslos da liegen sah«, gibt er achselzuckend an.

Gewiss, zwei Extreme. Aber was sich heute alles unter dem Mantel »Nervös« verbirgt, das kann man gar nicht aufzählen. Da sind die jungen Mütter, die stöhnen: »Ich bin so nervös, die Kinder. Was die alles von einem wollen«. Natürlich wollen die Kinder etwas. Dazu sind Kinder eben da. Und dafür haben sie schließlich ihre Mütter.

Von denen sollen sie etwas lernen, etwas erfahren. Ist es nicht ganz selbstverständlich, dass die Mutter mit ihnen spielt. Ihnen etwas vorliest, Geschichten ersinnt. Da sind die jungen Väter, die stöhnen: »Also diese Kinder, dass die immer herum rennen müssen. Könnt ihr nicht still sitzen. Ihr macht mich ganz nervös«.

In einem sehr komfortablen Ferienclub mit Kinderbetreuung musste man zweimal hinschauen, ob einige der entspannt in der Sonne ruhenden Herren zu irgend einer der zahlreich anwesenden Familien gehörten. Sie waren total mit sich und ihrer Körpererholung beschäftigt, aber nicht mit ihren Kindern. Die wurden ja fremd versorgt.

Kinder kommen nicht als fertig erzogene Menschen auf die Welt. Sie müssen ihren Entdeckungssinn ausleben, alles ertasten, alles erfühlen. Ihre Umwelt gewissermaßen erobern. Aber anstatt mit ihnen auf Entdeckungsfahrt zu gehen, heißt es nur: »Also diese Kinder. Ich kann es nicht mehr ertragen. Sie machen mich nervös«. Gewiss, sie meinen es nicht böse, diese genervten Eltern.

Was kaufen sie ihnen nicht alles. Aber Zeit, die Zeit, die die Kinder brauchen und von ihnen wollen, die haben sie eben nicht. Wen wundert es da, wenn die Kinder dann später, wenn die Eltern einmal alt sind, auch keine Zeit mehr für sie haben. Es wurde ihnen ja so vorgelebt.

Denke ich an meine eigene Kindheit, so kommt mir die vor wie von einem anderen Stern. Meine Mutter hatte keinen einzigen Nervenzusammenbruch aufzuweisen.

Immer hatte sie Zeit für uns. Sie erkannte unsere Kümmernisse sofort. Ihr Vorrat an guten Ratschlägen war unerschöpflich. Wir waren bei unseren Eltern geborgen, fühlten uns in Sicherheit, obgleich es um uns herum Bomben hagelte. Von Spielzeug in Massen konnte keine Rede sein. Dafür kannte unser Vater aber eine Menge Spiele, die man mit Stöcken und Steinchen und Murmeln machen kann.

Oder mit leeren Schuhkartons. Sicher waren meine Eltern in so schwierigen Zeiten auch erschöpft. Aber sie nahmen sich nicht so wichtig. Es gab ja Schlimmeres.

Wer sich heute nicht nervös gibt, ist einfach unmodern. Daher die bescheidene Anfrage: Wie wäre es mit etwas mehr Selbstbeherrschung und etwas weniger Getue um die eigene Person. Der Mensch kann nämlich eine Menge vertragen, wenn er sich zusammen nimmt. Er sollte nur den Willen dazu haben.

Freddi geht auf Reisen

Freddi, der einohrige, einäugige Teddy, komische Frage, ob der mit soll. Natürlich, Schließlich ist er noch immer mitgekommen. Die Mutter schaut zweifelnd auf den prall gefüllten Koffer, auf die bauchige, mit Schuhen, Pullovern und allem möglichen Reisezubehör bis oben hin beladene Tasche. »Das wird nichts, Junge!« »Doch«, sagt er, »Freddi muss mit«. Und dann haben sie die Lösung. Freddi kommt in das Reiseproviantfach des Rucksacks, eingezwängt zwischen Kaugummis und Mandarinen. Er wird auf dem Rücken des kleinen Jungen seine erste Winterreise antreten. Der kleine, graue, etwas ramponierte, darum aber nicht weniger geliebte Teddy mit Namen Freddi.

Jedes Kind bewahrt etwas auf, einen Gegenstand, eine Puppe, ein Stofftier, meist von allzu vielen Liebesbezeugungen arg zerfleddert. Aber keinesfalls zu entbehren.

Er wird zur Verzweiflung ordentlicher Erwachsener überall mit hingetragen. Manchmal hat die Mutter das Bedürfnis, das scheußliche Monstrum in einem günstigen Moment in der Mülltonne verschwinden zu lassen. Aber sie tut es natürlich nicht.

Als sehr kleines Mädchen bekam ich von einer älteren Nachbarin, die ich wie eine Großmutter liebte, eine Handtasche aus Leder geschenkt, eine unmoderne Omatasche. Für mich war es die schönste Tasche der Welt. Das beste an ihr war der Knipsverschluß. Jedesmal, wenn ich eine verfallene Fahrkarte hinein tat oder ein Taschentuch heraus holte, sagte es leise: »Klick«. Natürlich durfte nur diese Tasche mit in die Stadt, obgleich meine Mutter mir alle möglichen hübschen Mädchentaschen kaufte. Einmal blieb die Tasche in der Straßenbahn liegen, was gleichbedeutend war mit einer Katastrophe. Meine Mutter unternahm einen Rettungsversuch. Sie rannte mit mir zurück zur Haltestelle. Dort warteten wir, bis die Straßenbahn von der Stadtrundfahrt zurückkehrte. Die Schaffnerin hatte Verständnis für den Schmerz eines kleinen Mädchens. Als sie uns sah, beugte sie sich aus der Eingangstür heraus und schwenkte die Tasche. Ich hatte sie wieder.

Wir lächeln über die Kinder und ihre Eigenarten. Aber verhalten wir uns nicht häufig auch so. Hüten wir nicht Dinge, von denen ein Fremder, der sie mit nüchternem Verstand betrachtet, sagt: »Wie kann man so ein geschmackloses Ding nur aufheben«. Wir sehen in diesen Dingen nicht den Geldwert, sondern das kleine oder große Erlebnis, das Stückchen unseres Lebens dahinter. Und darum ist es uns kostbar. Nur müssen wir darauf achten, dass wir uns nicht durch die Anhäufung solcher Dinge in ein lebendes Museum verwandeln und die Gegenwart darüber vergessen.

Bescheidenheit ist eine Zier – oder?

»Weißt du was,« sagt die Mutter zu ihrer kleinen Tochter, »du kannst schnell für mich zum Kaufmann laufen. Aber ganz schnell, ich schreibe dir einen Zettel. Du kannst das doch schon, nicht wahr?!« »Ja«, sagt die Kleine und reckt sich, um ein wenig größer zu erscheinen, »das kann ich leicht«. »Hier ist das Geld und die Tasche«, und nun lauf«. »Und was soll ich mir kaufen«, fragt das Kind. »Nichts sollst du dir kaufen. Du hast heute morgen schon etwas bekommen«, antwortet die Mutter. »Dann gehe ich auch nicht zum Kaufmann«, kommt die prompte Antwort. Die Mutter ist zunächst verblüfft. Dann versucht sie dem Kind etwas klar zu machen. »Weißt du«, sagt sie, »jeder Mensch muß manchmal etwas tun, ohne dafür einen Lohn zu bekommen. Ich koche für euch und wasche. Du musst mir nichts dafür geben. Du kannst noch nicht kochen. Du kannst aber schon einkaufen. Und darum läufst du jetzt schnell los und holst, was ich dir aufgeschrieben habe«. »Wenn ich mir nichts kaufen darf, dann gehe ich nicht«, beharrt das Kind. »Na gut«, sagt die Mutter, »dann bleibe hier, ich gehe alleine«. »Ich will mit, ich will nicht alleine bleiben«. Großes Geschreie ertönt, als die Mutter alleine das Haus verlässt.

Vielleicht kann ein vierjähriges Kind noch nicht begreifen, dass man nicht für jede Hilfeleistung etwas zu fordern hat. Es wird den Eltern heute besonders schwer gemacht, den Kindern beizubringen, sich zu bescheiden.

Die Geschäfte quellen über mit verlockenden Dingen, die in Augenhöhe der Kinder aufgebaut sind. Häufig trifft man Kinder mit Münzen in der Tasche, die sich mit Kennermiene durch das Kaufhaus wühlen und genau wissen, was ihrem Geschmack entspricht.

Ist es tatsächlich ein Ausdruck besonderer Zuneigung und Liebe, einem Kind oft und reichlich Geld in die Hand zu drücken? Ist es nicht vielmehr Gleichgültigkeit und Fahrlässigkeit? Kinder sollen doch im Spiel lernen, sich im späteren Leben zu behaupten. Dazu gehört auch, sie mit Pflichten vertraut zu machen. Ein Lob für eine gute Leistung ist in Ordnung, eine Süßigkeit sicher auch. Aber eine materielle Belohnung für jede kleine Handreichung muß nicht die Regel sein. Denn das wird es im Erwachsenenleben sicher nicht geben. Es ist leicht, ein Kind zum Egoisten zu machen, es zu verwöhnen. Aber tut man ihm damit einen Gefallen?

Wir können unseren Kindern keinen Garantieschein für ein bequemes und erfolgreiches Leben mitgeben. Wir können nur versuchen, sie zu schützen, indem wir sie innerlich festigen. Dazu gehört sicher auch das Üben von Bescheidenheit.

Denn es ist viel leichter, aus einer einfacheren Lebensweise umzusteigen in eine großzügigere als umgekehrt. Bei den kleinen Kindern lacht man noch, wenn sie mit Forderungen kommen. Aber Erziehung findet nicht an einem Tag statt. Und so ist es gut, auch die kleinsten Geister manchmal in die richtige Richtung zu lenken.

Poesie

Ich sitze und sinne und darf auf keinen Fall gestört werden. Mein Sohn ist nämlich mit einem Album heim gekommen, in das er ein geflügeltes Wort schreiben soll.

Irgend etwas wie Rosen, Tulpen, Nelken, alle Drei verwelken. Aber unsere Freundschaft niemals. Nachdem ich mir die schönen, langlebigen Sprüche durchgelesen habe, ich kenne sie alle aus meiner Schul- und Poesiealbumzeit und meine Mutter kannte sie auch schon, stelle ich fest, dass an dieser poetischen Einrichtung sämtliche erschütternden und umwälzenden Zeiterscheinungen spurlos vorüber gegangen sind. Nun, die tiefsinnigen Gedanken helfen uns keinesfalls aus der Verlegenheit. Mein Sohn braucht einen Sinnesspruch für das Poesiealbum seiner Freundin. Wir hatten uns schon das schlichte Liedchen: »Dem Fröhlichen gehört die Welt, die Sonne und das Himmelszelt« als Standardvers und immer passend zurecht gelegt. Aber das haben wir leider auch schon in das Poesiealbum der Schwester dieser jungen Dame eingeschrieben. Und zweimal der gleiche Spruch in einer Familie, das zeugt doch von geistiger Dürftigkeit. Welcher Junge kann das auf sich sitzen lassen.

So habe ich mir seit langer Zeit einmal wieder die Gedichte von Goethe vorgenommen. Ich wusste gar nicht mehr, wie schön sie sind. Allerdings waren die, die in meinem Buch standen, für ein kleines lustiges Mädchen mit Stupsnase und kurzem Röcken und knochigen Kinderknieen irgendwie eine Nummer zu groß.

Und so stellte ich das Buch ins Bücherbord zurück. Sämtliche Lieder, die mir einfielen, habe ich auf verwendbare Zeilen durchforstet. Dummerweise komme ich nur auf Frühlingsstrophen und Wandergesänge. Ein Poesiealbum hat aber ganzjährig Gültigkeit und ist schließlich kein Liederbuch für verschiedene Jahreszeiten.

Ein Freund meines Sohnes hat sich mit einer Selbstdichtung aus der Verlegenheit geholfen. Seine Mutter beobachtete, dass er im Bett lag und vor sich hin murmelte.

Die Ergebnisse dieser Sinnesstunden trug er in die Büchlein seiner Klassenkameradinnen ein, ohne sich von seiner Mutter beraten zu lassen Ein Vers begann wie folgt: »Diese Kinder, diese Rinder ….« Die weiteren Zeilen möchte ich nicht wiederholen. Sie wurden inzwischen aus den Büchlein entfernt.

Meine Freundin hat sich bei den Müttern entschuldigt. Ihr Sohn schreibt jetzt ebenfalls Sprüche nach ihrer Empfehlung.

Es bleibt mir nicht erspart, meinen Bücherschrank noch einmal gründlich zu durchforsten. Sicher steht dort irgendwo eine Zeile, die zu diesem kleinen Mädchen ein wenig passt. Die Rosen-Tulpen-Nelken-Variante verkneifen wir uns weiterhin. Schließlich wird dieses Poesiealbum einmal ein Stück Erinnerung an ihre Kindheit sein und an die, die mit ihr Kind waren. Auch wenn die Mütter jetzt ein bisschen nachhelfen müssen.

Kinder spielen Erwachsene

Der Junge stolziert mit gestreckten Beinen über den Hof. »Plup«, machen die Gummistiefel bei jedem Schritt, jedem möglichst festen Schritt. In der Hand trägt er eine lange, dicke Holzstange. Hinter ihm, gewissermaßen im Schatten des Helden, trippelt viel weniger forsch und mit mageren Mädchenbeinen seine kleine Freundin.

Die Haarfransen hängen ihr ins Gesicht. Der kleine Mund mit den viel zu großen Zähnen ist geöffnet.

Die beiden Marschierer umrunden mehrfach den Hofplatz. »Mutti«, ruft der Junge auf einmal, »halt mal die Stange fest. Unsere Fahne hängt falsch herum«. Nun erst sieht die Mutter genauer hin. Auf ein Stück Zeichenpapier sind schwarz-rot-gelbe Striche gemalt. Einige Augenblicke später geht die Fahne kaputt. Die Kinder haben sowieso das Interesse an ihrem Marschspiel verloren. Sie nehmen das Holz und gehen zum Kastanienbaum, um die Früchte damit herunter zu schlagen. Die Mutter bleibt nachdenklich zurück.

Kinder lösen innere Spannungen, Dinge, die sie nicht ganz begreifen, indem sie ein Spiel daraus machen. Seit dem Beginn des Dramas in der Tschechoslowakei haben sie die Erwachsenen beobachtet, vor dem Radio, vor dem Fernseher, mit Zeitungen in der Hand. Sobald Nachrichten angesagt wurden, mussten sie still sein. Dazu die Bilder der Panzer, der Soldaten, der Fahnen schwingenden Menschen. Ganz ist ihnen das Bedrückende dieser Tage nicht entgangen. Das Spiel auf dem Hof, der Marsch hinter der Papierfahne, sah nicht lustig aus. Auch die Gesichter der Kinder nicht. Eine Szene aus der Welt der Erwachsenen wurde wiederholt, für Mutter und Kinder gleichermaßen unheimlich.

Einmal war ich zum einem Kindergeburtstag eingeladen. Unsere Kinder und die Kinder unserer Freunde waren noch nicht alt genug, um sich an einem solchen Festtag alleine zu beschäftigen. Sämtliche Erwachsenen hatten an den Wettspielen Staffettenlauf oder »Fischer-wie-tief-ist-das-Wasser« teilzunehmen. So sausten große und kleine Menschen an diesem wunderschönen Sommernachmittag barfuss über den Rasen und genossen das Spiel. Nur das Baby schlummerte friedlich in seinem Wagen.

»Ist das nicht ein Wunder, dieses kleine Wesen«, sagte die Großmutter, als wir einmal zum Kinderwagen gingen, um nach dem Jüngsten zu sehen. »Als meine Kinder klein waren, da ging es in unserm Garten genauso fröhlich zu. Später bauten sie dort ihre Zelte auf und hielten nachts abwechselnd Wache. In der Nacht schlich ich in den Garten hinaus. Da war die Wache vor dem Zelt eingeschlafen. Ich versteckte ganz schnell ihre Waffen. Am nächsten Tag waren die Jungen sehr in Verlegenheit, weil sie den Überfall verschlafen hatten. – Und sehen sie, von all den Jungen, die damals im Garten spielten, lebt heute keiner mehr. Sie blieben im Krieg«.

Bis vor kurzem waren solche Erinnerungen älterer Menschen ganz weit entfernt und für uns glatte Vergangenheit. Heute haben sie ein anderes Gewicht bekommen. In wie vielen Familien mag auch heute wieder die Jahrtausende alte Frage gestellt werden: »Wann wird in unserer Welt die Menschlichkeit endlich einmal Vorrang vor der Macht haben?«

Ich bin die Freundin aus der Provinz

Alljährlich um die Sommerzeit, wenn alle Menschen meiner Umgebung allmählich Anfangen nervös zu werden wegen der bevorstehenden Ernte – Wie werden die Preise? Wie bleibt das Wetter? Wann geht es endlich los? Hoffentlich reicht der Platz im Silo! – dann kommen mit schöner Regelmäßigkeit Briefe, Karten, Telefonanrufe aus Berlin, Essen, München mit fast gleich lautendem Text: »Wie geht es Euch, Ihr Lieben? Hoffentlich gut. Wir müssen unbedingt einmal wieder aus der Stadt heraus. Kommen bei Euch vorbei. Freuen uns schon auf ein Wiedersehen.

Ganz herzliche Grüße Eure Ingrid und Familie, Antje und Familie, Helga und Familie. Und so kommt es, dass jedes Jahr im Hochsommer ein bisschen Großstadtatmosphäre durch unsere ländlichen Räume weht. Ich werde informiert, wie das Augen-Make-up zur Zeit in Berlin auftragen wird, die Arbeitsbedingungen im Ruhrgebiet sind. Zu der äußeren Unruhe im Alltagsleben des Dorfes um diese Zeit passt irgendwie die Unruhe, die durch die verschiedensten Blitzbesuche in die Familie hinein gebracht wird. Man redet und redet und redet und versucht in kurzen Stunden des Beisammenseins alles in sich aufzunehmen, was man Gemeinsamkeiten hat. Ein Problem könnte die Unterbringung sein. Antje hat sich im Laufe der Jahre um einen Ehemann und etliche Kinder vermehrt, Freundin Helga bringt außer ihrem Gatten noch Freundin Hannelore mit, die auch einmal Luftveränderung braucht. Wie gesagt, ein Problem könnte das sein. Muß es aber nicht. Denn Blitzbesucher haben anspruchslos zu sein. Für eine Nacht genügt halt ein Sofa oder das Doppelbett im Kinderzimmer. Zur Not auch eine Luftmatratze und ein Schlafsack. Wo man doch endlich einmal wieder nach so langer Zeit so richtig miteinander gelacht und gesungen hat, jawohl, auch gesungen. »Ich kenne meine Frau überhaupt nicht wieder«, sagt der Ehemann von Freundin Antje, »soviel wie heute Abend erzählt sie zu Hause das ganze Jahr nicht. Und vergesst nicht, wenn bei euch die Hauptarbeit vorbei ist, so im Oktober, oder so, dann seid ihr dran. Dann kommt ihr aber bestimmt zu uns«. Es wird Zustimmung genickt. Bis zum Oktober ist noch eine lange Zeit. Wer weiß, was bis dahin los ist.

Das Frühstück wird am nächsten Morgen mit reichlicher Verspätung eingenommen.

Der Kaffeetisch kann erst gedeckt werden, wenn das Sofa vom Langschläger geräumt und der Hochbetrieb im Badezimmer abgeschlossen ist. Der heiße Kaffee tut gut nach einer kurzen Nacht. »So schön ist es im Augenblick bei uns gar nicht«, sage ich mit einem Blick auf die aufgerissene Straße. Die Kanalisation wird neu verlegt. Bei uns sieht es jedes Jahr ein bisschen weniger ländlich aus. Wir wohnen nämlich im Industrieviertel unseres Dorfes. »Ach, das finde ich gar nicht«, sagt Antje, »ihr habt doch die gute Luft«. Und dagegen ist in dieser vormittäglichen Stunde wirklich nichts zu sagen. Die Dünste von der großen Geflügelschlachterei spüren wir erst am Abend.

Was ist gerecht?

Sie liegen im Bett, Mutter in der Mitte, Sohn links, Tochter rechts. Die Mutter liest vor:

»Quax, der Bruchpilot«. Der Sohn hört zu, es ist so schön zuzuhören, und es strengt so wenig an. Tolles Buch und zum Lachen. Die Tochter hört nicht zu. Sie liest alleine, dass heißt, sie buchstabiert sich die Wörter eines nach dem anderen zusammen.

»Mami«, sagt sie plötzlich, »warum liest du ihm nur was vor, mir nicht. Das ist nicht gerecht«. »Mami liest mir was vor«, erklärt der Bruder von links, »weil sie mich an das Lesen heranbringen will. Du tust es auch alleine. Ich eben nicht. Lies weiter, die Geschichte ist spannend«. Natürlich hat er recht mit dem an das Lesen heran bringen. Nur ist es ein seltsames Gefühl für die Mutter, dass ihr Sprössling sie so durchschaut hat. Drei Seiten liest sie, eine Seite er. Auf diese Weise will sie ihm zeigen, wie spannend ein Buch sein kann und ihm gleichzeitig das Lesenlernen erleichtern. Er kostet es aus, dass seine Mutter gerade ihm mehr Zeit widmet als der Schwester, weil er es ja »so nötig« hat. Und weil sie sich mit ihm mehr beschäftigt, hat sie ihn natürlich viel lieber als die Kleine da rechts, meint er. Die allerdings ist keinesfalls bereit, sich der Ansicht ihres Bruders anzuschließen. Empört schaut sie von ihrem Buchstabieren auf. Über die angewinkelten Beine der Mutter hinweg faucht sie ihn an: »Du brauchst dich gar nicht so an Mami heranzudrängeln. Ich hab bald gar keinen Platz mehr. Die Decke hast du auch schon ganz weg gezogen«.

Und mit einem kräftigen Ruck hat sie das Bettdeck zu sich herüber geholt«. »Kinder, vertragt euch, oder die Lesestunde ist beendet. Dann verschwindet ihr aus meinem Bett und geht sofort in euer Zimmer. Ich wisst doch, dass ich euch beide gleich lieb habe, also vertragt euch«.

Die Kinder schielen sich noch einmal misstrauisch an, passen genau auf, dass jedes das gleich große Stück Bett, das gleich große Stück Bettdecke, den gleichen Abstand zur Mutter einnimmt. Dann kann die Lesestunde fortgesetzt werden.

Als Mutter hat man sicher die allerbesten Vorsätze. Man will die Aufmerksamkeit, die Fürsorge gleichmäßig auf die Kinder verteilen. Das ist gar nicht so einfach, wie es auf den ersten Blick aussieht. Denn Kinder sind von der Veranlagung her verschieden.

Die gleiche Behandlung ist nicht immer die gerechteste. Das eine Kind, von Natur aus nicht mit dem größeren Selbstbewusstsein ausgestattet, muß immer von neuem ermutigt, aufgerichtet werden, bis es Zutrauen zu sich selbst hat. Das andere Kind, dem Selbstverstrauen, Kontaktfreudigkeit und eine rasche Auffassungsgabe angeboren zu sein scheinen, braucht nicht so viel Zeit. Und trotzdem ist es falsch, seine Fähigkeiten als selbstverständlich hin zu nehmen, nicht auch hier nachzufragen, Interesse zu zeigen und zu loben. Wenn ein Kind mit den besten Gaben sich selbst überlassen wird, führt das zur Verkümmerung. Weil sich doch niemand dafür interessiert, leistet es am Ende weniger als jenes Kind, das immer Ansporn und Ermutigung eingefordert und bekommen hat.

Schularbeiten in den Ferien

»Mutti«, sagt der Sohn und blickt der Angesprochenen ernst in die Augen, »was ist wichtiger, leben oder lesen?« »Nun«, antwortet sie, innerlich etwas ungeduldig, denn der Sohn liebt philosophische Gespräche und zieht sie gerne in die Länge, »nun, für dich ist lesen sehr wichtig. Außerdem ist doch deine Frage unsinnig. Würdes du nicht leben, könntest du nicht lesen. Mach dir also die Mühe, hole dir in den Ferien ein Buch hervor und lies. Man muß nicht drei Wochen lang bummeln«. »Och«, sagt der Knabe, »ich habe gestern Abend eineinhalb Geschichten ….« »Jawohl«, kommt die Stimme seiner Schwester aus dem Hintergrund, »er hat eineinhalb Geschichten aus dem Micky-Maus-Buch …….« »……laut gelesen«, vollendet er seinen Satz. »Micky-Maus-Buch, das sind doch keine Geschichten. Daraus kann man nicht richtig lesen lernen«, sagt die Mutter. Sie sagt es ganz leise. Die Kinder haben sich aus der Küche verdrückt. Sie kennen ihre Abneigung gegen das Krrrr, Krrr, Schnauf, Schnauf, Brrr, Brrr der genannten Bildergeschichten, die sich bei den Kindern so großer Beliebtheit erfreuen. Warum noch einmal darüber streiten. Wo doch draußen ein Haufen Ferienarbeit auf sie wartet. Da kann man für die Meerschweinchen ganz jungen Löwenzahn sammeln, auf dem Lager Säcke karren, behilflich sein beim Bau von Trinknäpfen für die Täubchen, mit einem Nachbarn zum Düngerstreuen auf die Koppel fahren. Oder aus dem schmierigsten Lehm im Garten Figuren kneten, Vasen, Aschenbecher, ein wenig abstrakt. Aber die Kinder wissen, was es sein soll. Sie kommen in sandigen Gummistiefeln nur ganz kurz herein gepoltert, um ihre Kunstwerke zum Trocknen auf die Heizung zu legen. An den Spuren erkennt man, wo sie gegangen sind.

Die Eltern befinden sich während der Ferien ihrer Kinder in einer Zwickmühle. Auf der einen Seite freuen sie sich, wie sichtbar ihr Nachwuchs die Freiheit genießt. Es scheint so, als solle an einem Tag alles nachgeholt werden, wozu in den Schulmonaten die Zeit zu knapp ist. Andererseits wissen sie genau, wie intensiv die Kinder arbeiten müssen, um den Lehrplan zu bewältigen. Ein Buch, ein bisschen Kopfrechnen, die Wiederholung einiger Grammatikregeln könnten nicht zum Schaden sein. Natürlich kein festes Ferien-Lernprogramm. Aber ein paar geschickt untergeschummelte Übungen wären nicht schlecht.

In das Lernprogramm der Schulen ist die Mithilfe der Eltern einkalkuliert. Die Frage:

»Willst du oder willst du nicht«, gilt nicht. Dem Gequengel der Kinder aus eigener Bequemlichkeit nachzugeben, kann sich sehr zum Schaden der Kinder auswirken.

Für die Zukunft ist mit entscheidend, welche Hilfen die Kinder aus ihren Elternhäusern erhalten. Und das, was unsere Kinder lernen, was wir sie lernen lassen, ist das sicherste Kapital, was wir ihnen in einer schnell sich wandelnden Welt mitgeben können.

Die olympischen Kinder

Der Sohn schaut auf seine Armbanduhr (allerneueste Ausgabe, Weihnachtsgeschenk der Großmutter), dann hebt er die Gardine und versucht, auf die Straße zu spähen. Bevor er nun erneut seinen Zeitmesser zu Rate zieht, scheint ihm einzufallen, warum er am Küchentisch sitzt. Ein Biß vom Brot, ein Schluck Milch aus der Tasse. »Wir haben uns verabredet«, erklärt die Tochter. »Ja, ja,«, sagt nun auch der Sohn, »um neun kommen unsere Freunde. Wir wollen an der Schlittenbahn eine Schanze bauen«. Seit die Kinder in den letzten Jahren an Weihnachtsfesten mit »Gleitern« beschenkt werden, diesen herrlich rutschenden kurzen Metallschienen, steht der Wintersport auf Schleswig-Holsteins Dorfstraßen und Minibergen hoch im Kurs.

»Mutti«, sagt der Knabe, »wenn man Olympiasport macht, muss man sich kräftig ernähren.« »Ja, und?« fragt sie zurück. »Kann ich ein Stück Käse mit Butter haben?«

»Ohne Brot?« »Ohne Brot!« Das mit der Olympia-ernährung leuchtet ihr ein. Und wann kann man au-ßerhalb der Ferien schon einmal so gemütlich mit den

Kindern frühstücken«. Eine Scheibe Edamer mit Butter verschwindet in seinem Mund.

Natürlich nicht aus Naschsucht, sondern zwecks Muskelbildung. »Du musst dich jetzt fertig machen«, wird die Schwester ermahnt. Sie springt vom Stuhl auf. »Mutti, was soll ich anziehen?« »Die Lederhose« versucht die Mutter ihr zuzureden. »Dann bekommst du keinen nassen Po«. »Die Lederhose? Die Jungshose? Nein!«

Stumm kleidet sie sich an. Lastexhose, Pullover, Stiefel, Anorak. Darüber elegant gewunden der Wollschal. Als Siebenjährige weiß man eben, was man anzuziehen hat, wenn man sich mit den Freunden des Bruders zum Gleitschuhlaufen trifft.

Dass eine Mutter so wenig Sinn für Schönheit aufbringt, nicht zu fassen. Man sollte sie gar nicht mehr fragen. Nach etlichen Ausrufen wie: »Mutti, wo sind die Handschuhe? Kannst du mir die Riemen nicht noch fester schnallen? Hast du meine Mütze gesehen? Soll der Hund auch mit?« erscheinen zum Glück die Sportkameraden vor dem Fenster. Gemeinsam verschwindet die Schar Richtung Rodelbahn.

Da steht sie nun, die Mutter zweier Kinder mit Winterferien, zwischen all der häuslichen Unaufgeräumtheit eines Vormittags. »Ich muss mich beeilen«, denkt sie.

»Solange kann es nicht dauern, bis sie zurück kommen«. Bis der Hinterbau der Tochter unterkühlt, die Füße steif gefroren, die Hände von Kälte gerötet sind. Und sie beginnt in großen Zügen Ordnung zu schaffen, während der Hund leise klagend im Flur sitzt. Die Kinder haben ihn nicht mitgenommen.

Und da geht es schon los, das Getrampel vor der Haustür. »Meine Füße, aua, aua! Kannst du mir nicht die Schnürbänder aufmachen. Ach, bitte, bitte!« Sie sitzen vor ihr auf der Treppe und halten ihr die vereisten Beine entgegen. Von sportlich strammer Haltung keine Spur mehr. »Ach, Mutti, kannst du nicht mit uns »Mensch-ärgere-dich-nicht« spielen oder Sechsundsechzig?« »Kinder«, seufzt die Mutter, »ihr könnt einem den letzten Nerv rauben«. Aber Winterferien dauern nicht ewig. Und einen Vorzug haben sie bestimmt. Durchgefrorene Kinder sind hungrig. Ihnen kann man sämtliche Weihnachtskuchenreste vorsetzen. Sie verschwinden augenblicklich in den Mündern, so dass die Festtagsbäckerei endlich ihren Sinn bekommt.

Familien- und Frauenpolitik
1967 – Brandaktuell 2007

»Sollen Dreijährige lesen lernen?«
-    Planung auf Landesebene wäre nötig –

Die Zeichnung, die mir sehr am Herzen liegt, habe ich vor mir ausgebreitet. »Vorentwurf« steht darauf an nicht übersehbarer Stelle. Und darunter »Kindergarten in Wankendorf«. Neben meiner Schreibmaschine liegen weiter die Ausgabe des Bauernblattes vom 11.03.67 mit dem Artikel »Knirpsenschule – ein Blick der Schule in die Zukunft« und die Ausgabe vom 08.03.67 »Sollen Dreijährige lesen lernen?«

Und wo besteht da ein Zusammenhang? Alle drei Dinge interessieren mich, die Artikel sowie die Zeichnung. Zunächst das Naheliegende. Ein ganz gewöhnlicher Kindergarten, Bedarf ist vorhanden. Räume sind vorhanden, eine Kindergärtnerin ist vorhanden. Nur das Geld zum Ausbau des Gebäudes, das fehlt noch. Die Verhandlungen sollen in nächster Zeit beginnen. Man hat mir schon vorher gesagt, dies sei ein besonders schwieriges Problem. Ich habe es inzwischen begriffen. Und außer mir all die Frauen, mit denen ich auf der Sankelmarktagung des Landfrauenverbandes im November 1966 darüber sprach. Man braucht Geduld, Geduld, Geduld und eine große Portion Energie und Ausdauer, um auf diesem Gebiet etwas zu erreichen.

Und nun diese neuesten Erkenntnisse der Wissenschaftler über die Lernfähigkeit der Dreijährigen, über programmiertes Lernen, über die Funktion und Anwendung von Lernmaschinen. Sollen wir davor zurück schrecken? Ist unsere noch nicht einmal zu Ende geführte Arbeit schon wieder überholt?

Ich glaube nicht, dass wir eine Veranlassung haben, eine abweisende Haltung einzunehmen. Erkenntnisse der Wissenschaft und praktische Anwendung – welch ein Abstand liegt dazwischen! Die besten Einsichten werden zur Ruhe gebettet, wenn die Finanzen zur Durchführung nicht da sind. Und die fehlen zur Zeit an allen Ecken und Enden. Wie lange wird es dauern, bis der Kindergarten in jedem Dorf zur selbstverständlichen Einrichtung wird?

Im Augenblick hat man noch mit der Meinung zu tun, dass die Mütter hier bloß ihre Kinder abschieben wollen, um es bequemer zu haben. Es ist längst nicht überall die Einsicht erreicht, dass es gar nicht so sehr um die Mütter, sondern vielmehr um die Kinder geht. Eben um die Lernfähigkeit der Kinder, die schon bei Dreijährigen trainiert werden kann. Die geistige Aufgabe, die alle Eltern, alle Gemeinderäte angehen sollte, wenn sie den Kindern ihrer Umgebung nicht den Anschluß an die Stadtschulen, an die vielfältigen Berufsmöglichkeiten mit hohen Anforderungen verbauen wollen.

Kann man hier nun den Gemeinden die Schuld geben, wenn solche notwendigen Einrichtungen nicht mit der gleichen Selbstverständlichkeit wie die Schulen gebaut werden? Jetzt kommen wieder die Finanzen. Größere Orte haben größere Möglichkeiten als kleine Dörfer. Leidtragend sind eindeutig die Kinder.

Eine zentrale Planung auf Landesebene wäre erforderlich. Warum plant man bei Schulneubauten nicht gleich den Kindergarten als selbstverständliche Vorstufe mit ein? (Nicht nur den Schulkindergarten.) Das wäre doch die sinnvollste Lösung, wenn man schon beabsichtigt, die Landkinder den Stadtkindern gleich zu stellen, nicht nur den Worten nach. Unser Herr Landrat sagte neulich, als das Thema Stadtkind – Landkind zur Debatte stand: »Naja, der Abstand wird doch kleiner.« Wir sollten dabei aber nicht übersehen, dass zu dem Zeitpunkt, an dem wir das letzte Dorf mit einem Kindergarten ausgestattet haben, die Wissenschaft längst neue Erkenntnisse und Ergebnisse erbracht hat, die eine Stadtgemeinde mit ihren großen Finanzmöglichkeiten leichter auswerten kann. (Siehe Knirpsenschule, Lernmaschine usw.)

Sich den Erkenntnissen der Wissenschaft zu verschließen, halte ich für gefährlich. Vielmehr müssen Augen und Ohren offen bleiben, es kann doch auch etwas dabei sein, das sich ausführen lässt, ohne gleich das gesamte Schulsystem umzuwerfen.

Wenn man weiß, dass Dreijährige ohne Mühe ein gewisses Lernpensum verkraften können, müsste man zuerst die Kindergärtnerinnen danach ausbilden. Es geht halt nur schrittweise vorwärts, aber das ist besser als Stillstand. Und wenn Mittel, Möglichkeiten und Erkenntnisse soweit zusammen klingen, dass eine generelle Umstellung erfolgen kann, dann sollte man das zentral planen, um allen Kindern tatsächlich die gleiche Chance zu geben.

T.L. 1967 -

Reisen bildet

Einladung zum Besuch der Landwirtschaftsaustellung 1966 in Leipzig-Markkleeberg – Deutschland einst - - Vor Antritt dieser Reise erfolgte eine sorgfältige Abstimmung mit dem Bauernverband Berlin e.V. –

Zunächst war es ein Brief, der ins Haus flatterte und einige Verwirrung anrichtete.

Absendeort: Neustrelitz. Absender ein mir unbekannter Herr, Landwirt, Mitglied der Demokratischen Bauernpartei und als Parteisekretär im Bezirk Neubrandenburg tätig. Er schrieb, er hätte einen meiner Artikel in Schleswig-Holsteinischen Bauernblatt gelesen. Es bestünde ein Interesse an einem Gedankenaustausch zwischen Frauen aus Neustrelitz und Holstein. Falls ich interessiert wäre, würde er mich recht herzlich zur Landwirtschaftsausstellung in Leipzig-Markkleeberg einladen. Aus diesem Brief entstand ein Briefwechsel, der nach einigem Zögern und Beratungen mit Bekannten meinen Mann und mich zu dem Entschluß kommen ließ, mit dem eigenen Pkw (Das war für Normalbürger zu diesem Zeitpunkt unmöglich.) die Reise nach Neubrandenburg und von dort weiter nach Leipzig-Markkleeberg anzutreten. Eine Bekannte, ebenfalls freie Mitarbeiterin des Schleswig-Holsteinischen Bauernblattes, begleitete uns.

Grenzübergang in Lübeck-Schlutup. Vorlage der Einreisegenehmigung und Vorlage des Einladungsschreibens. Wir werden kurz und höflich am Grenzübergang abgefertigt, müssen keine DM umwechseln. Dann sind wir in Mecklenburg. Fahrt auf wenig belebten, guten Straßen. Die Autofahrt ist im Verhältnis zu Fahrten auf unseren Straßen eine Erholung. Autos sind hier teuer. Die Firmen haben lange Lieferzeiten. Wegen Maul- und Klauenseuche soll außerdem möglichst wenig gefahren werden. Seltsam für uns die Seuchenmatten, Torfmull quer über die Straße geschüttet. Angereichert mit einer Desinfektionsflüssigkeit. Ein Schlagbaum. Autos halten auf der Mullschicht. Die Insassen steigen aus, treten die Füße darauf ab. Einsteigen, weiterfahren. Von Schlutup bis Neubrandenburg werden wir auf diese Weise viermal desinfiziert.

Die Felder machen einen gut bewirtschafteten Eindruck. Das Getreide steht bestens.

Die Dörfer dagegen wirken einheitlich grau. Es fehlt Farbe. Es fehlen Vorgärten, es fehlen Blumen. Wir erfahren später, dass Baumaterialien und ausführende Baufirmen knapp sind. Ostdeutschland ist durch die Teilung des Landes von den Grundstoffindustrien abgeschnitten worden. Es musste zunächst daran denken, eine eigene Industrie aufzubauen, und zwar ohne Hilfe von außen. Es ist hier seit Kriegsende nicht weniger gearbeitet worden als in Westdeutschland, es ist unter anderen Bedingungen gearbeitet worden.

Tröstlich für uns sind die Wohnungen von innen, die sich von unseren nicht unterscheiden. Fernsehapparat und Kühlschränke sind vorhanden. Wir werden mit großer Gastfreundschaft und Herzlichkeit aufgenommen. Ich habe noch nie so viele selbstgebackene Kuchen gegessen, so viel Kaffee getrunken wie in den sechs Tagen in Mecklenburg und Leipzig.

Unser Gastgeber ist bemüht, uns einen umfassenden Eindruck von seinem Land zu vermitteln, woran wir natürlich interessiert sind. Wir besuchen den Vorsitzenden einer Landwirtschaftlichen Produktionsgenossenschaft und seine Frau in ihrem Wohnhaus, das etwas abseits von der Straße liegt. Hier gibt es einen Vorgarten mit blühenden Rosen, Weinranken am Haus. Das Gebäude wirkt schon von außen freundlich. Wir fühlen uns nicht fremd. Das Hübscheste, was wir auf dem Lande gesehen haben. Der Hausherr ist verantwortlich für die Bewirtschaftung eines Gebietes von 2.000 ha. Außerdem ist er Fachmann der Tierzucht. Seine Frau ist Meisterin der Schweinezucht. Sie trägt die Verantwortung für den Schweinestall, für den Einkauf von Ebern, für gute Ergebnisse der Zucht. Man merkt ihnen beiden Lust und Liebe zu ihrer Arbeit an. Wir verabschieden uns mit »Auf Wiedersehen« und meinen es auch so.

Was ist eine LPG (Typ I).

Wir stellen die Frage. Unsere Gastgeber sind bemüht, uns Antwort zu geben. LPG – Landwirtschaftliche Produktionsgenossenschaft, in die der Bauer einen Teil seines Landes einbringt. Er stellt z.B. den Antrag, 10 ha seines Landes in die LPG einbringen zu dürfen, d.h. von der LPG bewirtschaften zu lassen. Der Vorstand der LPG beschließt über diesen Antrag. Bei Aufnahme ist von dem Bauern ein Inventarbeitrag zu leisten, da er nun keine eigenen Maschinen mehr braucht. Die Höhe dieses Beitrages ist von LPG zu LPG verschieden, kann 300,- – Mark je ha, kann aber auch 1.000,-- Mark (Ost) betragen.

Am Anfang des Jahres stellt die LPG einen Plan auf, was bei normalen Voraussetzungen unter normalen Witterungsbedingungen produziert werden kann. Preisschwankungen gibt es nicht, da die Preise staatlich gelenkt werden. Ausgaben und Einnahmen werden gegen einander abgewogen. Der Überschuß, nach Abgaben in den Sozialfonds, Kulturfonds, Reservefonds usw. aufgeteilt. Die Besoldung erfolgt nach Arbeitseinheiten. Einfache Arbeit wird niedriger bewertet als komplizierte. Stundenlöhne gibt es nicht. Überplanerfüllung wird besonders bezahlt. Unterplanerfüllung versucht man durch den Reservefonds auszugleichen. Endgültige Abrechnung erfolgt zum Jahresschluß.

Unsere Frage: Was ist der Bauer nun? Landbesitzer?

Antwort: Ja, er bleibt nach dem Grundbuch Eigentümer seines Landes. Er hat das Land nur zur gemeinsamen Bewirtschaftung zur Verfügung gestellt.

Unsere Frage: Er wird für seine Arbeit bezahlt wie ein Arbeitnehmer. Kann er gegen die Festlegung der Arbeitseinheiten protestieren? Kann er streiken?

Antwort: Warum soll er gegen sich selbst streiken. Er hat den Plan mit beschlossen.

Bei uns braucht niemand zu streiken. Es gibt keine Monopole und keine

Kapitalisten wie bei ihnen, gegen die man sich zur Wehr setzen muß.

Unsere Antwort: Es gibt bei ihnen ein einziges Monopol, das Staatsmonopol.

Gegenantwort: Aber nein, bei uns ist alles Volkseigentum. Man kann da nicht von Staatsmonopol reden.

An diesen Gegensätzen erhitzen sich die Gemüter. Es kommt zu harten Diskussionen, die mit großer Offenheit geführt werden.

Wir haben Gelegenheit, ohne unsere Gastgeber mit einem Genossenschaftsbauern der LPG Typ I zu sprechen. Wir hören, dass er gut leben kann. Einen Teil seines Landes hat er in die LPG eingebracht. Auf dem Restland hält er selbst Kühe. Sein Sohn ist Vorsitzender der LPG. Sein Enkel geht zur Schule, 12 Jahre lang. Wobei er in den letzten Jahren seiner Schulzeit zugleich eine Fachausbildung erhält und bei Abschluß landwirtschaftlicher Facharbeiter ist. Ja, ja, man kann schon leben. Man hat sich eingerichtet. Keiner leidet Hunger. Natürlich kann man nicht alles kaufen, was man möchte. – Warum denn sein Bruder nicht einmal herüber käme. Wir sollen ihm sagen, dass ihm hier keiner etwas täte. –

Wir lesen auf unserer Fahrt durch das Land oft das Wort »Service« auf Plakaten, in den verschiedensten Zusammenhängen. Es scheint sehr beliebt zu sein.

Beispiel: »DDR-Kohlenanlagen führend in Erfahrung und Service«. Es ergibt sich folgendes Gespräch bei zwei Bieren und zwei Schnäpsen: »Ja, ja, bei uns ist alles in Ordnung. Es wird viel getan für's Volk, das stimmt schon.« »Ja, das stimmt wohl.«

»Aber bei euch, da kann man doch in einen Laden gehen und sich einfach einen Ditoten-Anzug kaufen, nicht wahr?« »Meinst du Diolen? Wenn du das meinst, dann kann man das bei uns natürlich«. »Ja, das meine ich. Das kann man bei uns nicht.

Aber was mir gestern passiert ist, nein, nein.« »Was ist dir denn gestern passiert?«

»Stellt euch vor, ich fahre Autobahn. Mit meinem Wartburg, prima Wagen, und laufen tut der. Aber plötzlich läuft er nicht mehr. Nichts zu machen. Bleibt stehen, Motor hinüber. Ich rufe zwanzig Abschleppwerkstätten an, damit sie mir einen neuen Motor einbauen sollen. Nichts zu machen, kein Motor zu kriegen. Ist das Service?«

Immer wieder kommen wir in Gesprächen darauf, warum Mauer, warum Ausreiseverbot. Wir treffen in Gesprächen niemanden, der nicht Verwandte bei uns in Westdeutschland hat. »Nur ein Besuch, ich würde ja zurück kommen. Ich habe meine Familie hier.« Der Wunsch zu einer Reise nach Westen, das Gefühl haben, die Sehnsucht, reisen zu können, wird in Gesprächen oft deutlich.

»Es ist ganz einfach«, sagt unser Gastgeber, »ihre Regierung erkennt unsere an. Es wird eine Konföderation gebildet. Dann kann zwischen zwei gleichberechtigten Partnern verhandelt werden.« Wir geben zur Antwort, dass das in unseren Augen eine endgültige Teilung Deutschlands wäre und machen folgende Vorschläge:

Verhandlungen der Alliierten, die uns einmal geteilt haben. Freie Wahlen, in denen das Volk bestimmen kann, zu welcher Gesellschaftsordnung es sich bekennen will.

Daß dieses Thema zu Diskussionen geradezu herausfordert, auch wenn solche nicht geplant sind, wird sicher allgemein verständlich sein. Gründlichste Informationen sollten jedem Westdeutschen daher selbstverständlich sein, bevor er sich zu einer solchen Reise entschließt, auch wenn Politik bei uns nicht groß in Mode ist.

Wir bleiben zwei Tage in Neubrandenburg. Sehen uns noch eine wunderbar angelegte Feriensiedlung an der Müritz an. Hier können Werktätige des Arbeiter- und Bauernstaates zu außerordentlich günstigen Bedingungen Ferien machen. Dann fahren wir mit unserem Pkw in Richtung Leipzig.

Unterwegs Abstecher nach Potsdam (ohne besondere Erlaubnis). Wir folgen einfach dem Hinweisschild an der Straße. Schloß Sanssouci ist zum Teil wieder aufgebaut. Die Parkanlagen sind zum großen Teil in Ordnung gebracht. Die Nebenanlagen liegen verfallen und von Unkraut überwuchert. Wir sehen erschüttert, dass die Spuren des Krieges hier noch nicht getilgt sind. Hoffen aber, dass das in den nächsten Jahren geschieht.

In Leipzig erleben wir – neben der Landwirtschaftsausstellung – einen besonderen Höhepunkt unserer Reise. Einen Abend in der Oper. Aufgeführt wird »Lohengrin«. Wir spüren sofort, dass uns hier eine Kostbarkeit geboten wird. Verlieren den Begriff für Zeit, sind zum ersten Mal seit unserer Einreise gelöst und entspannt, ohne Ost-West-Komplikationen. Nach der Aufführung speisen wir mit unseren Gastgebern im neu erbauten Hotel »Deutschland«. Kalte Platte mit Räucherlachs, Hummersalat, geräucherter Gänsebrust, Salami, Käse. Dazu eine Flasche Tokajer. Das alles vollendet serviert, mit gepflegter Gastlichkeit geboten. Der richtige Abschluß für einen wunderbaren Abend.

Ostdeutschland ist ein Land der Extreme. Während man in den Gaststätten preiswert essen kann, gibt es in den Läden nach wie vor Stammkundenlisten, sind Bananen in Schaufenstern nicht zu sehen. Wenn sie auf den Markt kommen, setzt sofort ein Sturm darauf ein. Der Einfluss aus dem Westen wird offiziell abgelehnt. Und doch werden ständig Vergleiche gezogen. Es hilft nichts, wir müssen mit einander längs. Wir können nicht vor einander weglaufen. Wir haben viel Trennendes vorgefunden, aber auch viele Gemeinsamkeiten. Wir stammen aus einem Volk, aus einer Kultur. Menschlich gibt es keine Schwierigkeiten. Darum sollten wir die Gelegenheit zu solchen Reisen wahrnehmen.

Der Gegenbesuch

Am 07. September 1966 parkt ein großer schwarzer Pkw vor der Spadaka.

Drei unbekannte Herren steigen aus und fragen nach dem Geschäftsführer.

Die Mitarbeiter sind zunächst ratlos, der Chef ist in der Kundschaft unterwegs.

Per Telefon wird er zurück beordert. Die zunächst unbekannten Herren sind die aus Neubrandenburg bekannten Mitglieder der Demokratischen Bauernpartei unter Führung ihres Parteisekretärs. Mit einem großen Wolga sind sie unterwegs zur Landwirtschaftsausstellung nach Rendsburg. Sie bitten um ein Gespräch mit Bauern aus der Umgebung. Der Rendant managt, trommelt gestandene Landwirte aus seinem Kundenkreis zu dem gewünschten Gespräch am kommenden Abend in seiner Wohnung zusammen. Auch der Bürgermeister ist zugegen.

Zwei Gesellschaftsformen, zwei Weltanschauungen prallen am nächsten Abend ungebremst aufeinander. Die freien Bauern West mit eigenem Grundbesitz haben mit dem von den Ostlern gepriesenen Volkseigentum in LPG-Form nichts am Hut.

Gegen 22.00 Uhr hat der Parteisekretär die Nase voll, er will mit seiner Delegation abrücken. Das geht aber nicht, denn um 24.00 Uhr hat der Bürgermeister Geburtstag. Dem muß man noch gratulieren. Und so wird es nach der allzu heftigen Debattiererei doch noch ein versöhnlicher gesamtdeutscher Abend mit fröhlichem Umtrunk. Nicht vergessen, das ist gerade erst vierzig Jahre her.

Botschafter der Versöhnung

-.Reise nach Moskau – Kloster Sagorsk im Juni 1967 –

»Denken sie daran, dass wir nicht als Touristen nach Moskau fahren, sondern als Botschafter der Versöhnung. Seien sie höflich und freundlich, schauen sie sich aufmerksam um. Geben sie keine Kommentare ab. Und vergessen sie nicht, in der Sowjetunion sind wir willkommene Gäste«. So etwa lauteten die Worte, die Pfarrer G. vom evangelischen Pfarramt »Zum Heilsbronnen« in Berlin, Initiator und Leiter unserer Reisegruppe, an uns richtet, bevor uns die Busse zum Flughafen Schönefeld in Ost-Berlin bringen. 2 ½ Stunden von Berlin nach Moskau mit einer russischen Düsenmaschine, Reisegeschwindigkeit 900 Kilometer in der Stunde, Flughöhe Zwischen 9.000 und 12.000 Meter.

Das längste an der Reise sind die Passformalitäten in Berlin-Schönefeld und auf dem Flugplatz in Moskau-Seremtjewo. Wir landen gegen 16 Uhr, Moskauer Zeit 18 Uhr.

Nach einem Abendessen im Gebäude des Flughafens, etwa 30 km außerhalb der Stadt, werden wir mit Bussen zum Hotel gebracht, das in der Gorkistraße liegt, etwa 10 Minuten vom Kreml entfernt. Da in Moskau für keinen Menschen Zeit auch Geld bedeutet, d.h. Zeit hier reichlich ist, Geld knapp, kommen wir gegen 22 Uhr in unsere Zimmer.

Frühstück um 8.30 Uhr. Wir betreten pünktlich den Speisesaal, wo bereits für uns gedeckt ist. Auf den Tischen stehen hochstielige Gläser und Karaffen mit Wasser. Blättergeschmücktes Geschirr. Bestecke mit

Verzierungen. Überall weiße Tischtücher. Die Decke des Saales wird getragen von dicken Säulen, die sich am oberen Ende zu recht massiven, unbekleideten Damen verbreitern, unter der Decke reichlich viel blumiges Goldgeranke. Zunächst glauben wir, dass das Geschirr der Gaststätte aus Beständen der Zarenzeit stammt. Später stellen wir an dem Angebot der Kaufhäuser fest, dass es so etwas wie eine moderne Formgestaltung für Gebrauchsgüter nicht gibt.

Frühstück: Erster Gang – ein Glas Buttermilch. Zweiter Gang – Brot mit Käse oder Wurst und Butter. Dritter Gang – ein Kuchen. Zum Abschluß ein Glas Tee oder eine Tasse Kaffee. Da alle Gerichte ohne Hast und mit großer Umständlichkeit serviert werden, dauert eine Mahlzeit mindestens eine Stunde.

Waschräume, Zimmer, Speisesaal, Fahrstuhl wirken auf uns veraltet, werden aber außerordentlich sauber gehalten. Nicht weit von unserem Hotel befindet sich ein modernes Hotel im Bau, das 3000 Zimmer mit 6000 Betten erhalten soll. Personalsorgen scheint es nicht zu geben.. Es wimmelt von Menschen, die in unserem Hotel irgendeine Tätigkeit ausüben.

Bei unserer Ankunft in Moskau sind unserer Reisegruppe sogleich zwei Dolmetscher zugeteilt worden, die uns auf allen Unternehmungen begleiten. Olga und Swetlana.

Beide sprechen ausgezeichnet deutsch. Olga, eine junge, elegante Frau, die mit sehr viel Charme und Geduld unsere Gruppe zusammen zu halten versteht, ist rein äußerlich von jungen Frauen unseres Landes nicht zu unterscheiden. Swetlana, ebenfalls klug und geduldig, scheint es mehr mit den inneren Werten zu halten. Wahrscheinlich ist sie stolz, dem mächtigen Sowjetstaat mit ihrer Arbeit dienen zu können. Von Eleganz kann bei ihr, wie bei den meisten Menschen, die wir gesehen haben, keine Rede sein.

Zu einer Moskaufahrt gehört der Besuch bei Lenin im Mausoleum auf dem Roten Platz vor dem Kreml. Vor diesem Gebäude steht eine etwa drei Kilometer lange Menschenschlange. Alle warten ohne zu murren darauf, an Lenin vorbei gehen zu dürfen. Touristen lässt man vor. Wir steigen in eine gradlinig gestaltete Marmorgrabstätte hinab, in der Lenin in einem Glassarg, sichtbar für alle Besucher, ruht. Uns überfällt bei seinem Anblick ein leichter Schauder. Aber Helden haben wohl kein Recht auf eine Ruhe nach dem Tode. Sie gehören auch dann noch dem Volke.

Das Hauptgewicht unserer Reise liegt auf dem Besuch von Gottesdiensten der Baptistengemeinde, der russisch-orthodoxen Kirche und sonstiger kirchlicher Einrichtungen. Dazu gehört das Rubljew-Museum, ein Ikonenmuseum, das nach dem bekanntesten russischen Ikonenmaler Rubljew benannt wurde. Und der Besuch der geistlichen Akademie, die dem Wallfahrtskloster Sagorsk, 70 Kilometer außerhalb Moskaus, angegliedert ist und in die sonst weder Russen noch Ausländer als Besucher eingelassen werden.

Es bleibt aber noch Zeit für den Besuch einer Schneiderschule, in der junge Menschen auf den Schneiderberuf vorbereitet werden. Und für einen Empfang beim Verband aller Frauenorganisationen der Sowjetunion. Unter Leitung einer Berliner FDP-Abgeordneten haben sich 20 Frauen unserer Reisegruppe an dieser Einladung interessiert gezeigt.

Beim Verband der Frauenorganisationen

Wir werden in einen großen Sitzungsraum geführt, der genau wie ein Sitzungszimmer bei uns ausgestattet ist. Um einen riesigen ovalen Tisch versammeln sich deutsche und russische Frauen. Tee, Kuchen, Bonbons und Schokolade werden gereicht. Dann stellen wir uns vor. Unsere Gastgeberinnen sind interessiert an unserer Berufsausbildung und unserer jetzigen Tätigkeit. Die Dolmetscherin übersetzt uns die Angaben der Russinnen, zwei hohe Parteifunktionärinnen. Sie sollen uns aus der gesellschaftlichen Stellung der Sowjetfrau berichten. Weiter sind anwesend eine Ärztin, eine Juristin und eine Journalistin. Alle Damen etwa 50 Jahre alt, sehr gepflegt und selbstsicher, jede für sich eine Persönlichkeit. Alle sind verheiratet und haben drei oder vier Kinder bzw. schon wieder Enkelkinder. Die Kinder studieren oder haben ihr Studium beendet.

Die Russinnen üben selbstverständlich, wie sie uns sagen, neben ihrem Familienleben ihren Beruf aus und nehmen teil und er Parteiarbeit. Sie vertreten ihr Land auf Kongressen im Ausland. Von Vermännlichung ist bei diesen Frauen, die wir bei uns wohl etwas boshaft Karrierefrauen nennen würden, nichts zu merken. Sie strahlen vielmehr Ruhe und Gelassenheit aus, deren Grundlage eine reiche Berufserfahrung und das Wissen um die Dinge des Lebens sind. Von ihnen erfahren wir auf Befragen folgende Dinge aus dem modernen Russland:

Wenn Frauen heiraten, steht es ihnen frei, berufstätig zu bleiben oder nicht. 25 v.H Frauen sind nicht berufstätig, 75 v.H. gehen einem Erwerb nach. Auch Teilzeitarbeit ist möglich. Den jungen Mädchen stehen alle Möglichkeiten zu einer umfangreichen und sorgfältigen Ausbildung offen. Die Sowjetfrau ist stolz auf ihre Arbeit, ihre Teilnahme am öffentlichen Leben. Sie bemüht sich, ihre Kenntnisse laufend zu erweitern und ihre geistigen Fähigkeiten zu entwickeln. Der Beruf des Lehrers wird zu 70 v.H. von Frauen ausgeübt. Jeder dritte Ingenieur ist eine Frau. Unter den Wissenschaftlern machen die Frauen 30 v.H. aus. 59 v.H. der Frauen haben eine abgeschlossene Hochschul- oder Berufsausbildung.

Wenn eine Frau ein Kind erwartet, kann sie selbst entscheiden, ob sie es bekommen will. Schwangerschaftsunterbrechungen sind gesetzlich erlaubt. Die Ärzte versuchen aber, ihren Einfluß geltend zu machen, dass die Kinder geboren werden. Insbesondere bei Erstschwangerschaften. 56 Tage vor und 56 Tage nach der Niederkunft wird bezahlter Urlaub gegeben. Dieser kann um drei weitere Monate verlängert werden, wenn es der Gesundheitszustand der Mutter erfordert. Der Arbeitsplatz bleibt ihr während dieser Zeit erhalten. Solange gestillt wird, kann die Mutter hierfür alle 3,5 Stunden eine Arbeitspause einlegen. Sie entscheidet, ob sie ihr Kind in eine staatliche Krippe geben oder bei Verwandten unterbringen will, während sie zur Arbeit geht. Acht Millionen Kinder besuchen heute in Russland Kindergärten. Für die Familien ist diese Einrichtung sehr billig. ¾ der Kosten trägt der Staat. Die Kinder erhalten hier täglich vier Mahlzeiten und medizinische Betreuung wie Schutzimpfungen. Sie lernen Malen, Singen, Tanzen und ihre eigenen Fähigkeiten zu entwickeln. Für Schulkinder gibt es Heime, in denen sie bei der Schularbeit und in ihrer Freizeit beaufsichtigt und betreut werden.

Die Sorge um die Kinder

Bis 1970 sollen Plätze für 12 Millionen Kinder erstellt sein. Damit wären für die Stadtkinder ausreichend Unterbringungsmöglichkeiten geschaffen, auf dem Lande noch nicht.

Die Sorge um das Kind beginnt bereits vor der Geburt. Über die Stadtbezirke verteilt sind Frauenberatungsstellen. Jede Frau steht in der Kartei ihres Wohnbezirkes. Bei einer Schwangerschaft ist sie verpflichtet, die Beratungsstelle zu besuchen. Vor der Geburt wird Schwangerschaftsgymnastik durchgeführt. Hausentbindungen sind in Moskau nicht mehr üblich. Die medizinische Beratung und Betreuung ist kostenlos. Wird die Frau mit dem Baby aus dem Krankenhaus entlassen, so wird die Beratungsstelle davon in Kenntnis gesetzt. Bei ihr sind alle Kinder des jeweiligen Wohnbezirkes bis zum 15. Lebensjahr registriert. Einen Tag nach der Entlassung aus dem Entbindungsheim werden Mutter und Kind von einem Arzt besucht. Ein Kinderarzt steht durchschnittlich für die Betreuung von 850 Kindern zur Verfügung. Das Ergebnis einer so durchorganisierten Gesundheitsfürsorge ist ein enormer Rückgang der Infektionskrankheiten. Kinderlähmung, Malaria und Tuberkulose treten höchst selten auf. In Moskau mit einer Bevölkerungszahl von 6,5 Millionen ist im vergangenen Jahr ein Diphtheriefall registriert worden.

Wir fragen, ob uneheliche Kinder in Russland ein Problem seien. Ein Problem, aber wieso denn? Die uneheliche Mutter entscheidet doch selbst, ob sie das Kind haben will oder nicht. Natürlich raten die Ärzte ihr zu, es zu bekommen. Es steht ihr frei, es selbst aufzuziehen oder in einem Kinderheim unterzubringen. Bis zum dritten Lebensjahr kostenlos. Ob der Vater zu Unterhaltszahlungen heran gezogen wird?

Nur freiwillig. Keine Sowjetfrau hat es nötig, von einem Mann abhängig zu sein.

Der Staat sorgt für alle Kinder gleich, natürlich auch für die unehelichen. Sie haben die gleichen Chancen wie Kinder anderer Familien.

Für die Kinder der Sowjetunion besteht eine allgemeine 8-jährige Schulpflicht. Für die Zulassung zum Studium ist ein 10-jähriger Schulbesuch erforderlich. Neben dem normalen Schulbesuch bestehen in jeder

Schule freiwillige Zirkel. Hier werden die Kinder nach besonderer Begabung und Veranlagung zusammen gefasst. Aus der Teilnahme und dem Interesse an diesen Zirkeln lässt sich später absehen, welche Berufsausbildung dem jungen Menschen zu empfehlen ist. Der Abschluss der Berufsausbildung bedeutet nicht die Erreichung des Lebenszieles. Dem Sowjetbürger steht es frei, sich vom Hilfsarbeiter in eine leitende Position hoch zu arbeiten durch den Besuch von Abendschulen und Fortbildungskursen. Bildungsurlaub ist bezahlter Urlaub. Schulen, Universitäten, Lehrmittel stehen kostenlos zur Verfügung.

Als Geschenk übereichen die Frauen des Verbandes Sowjetischer Frauenorganisationen uns kleine Anstecknadeln aus bemaltem Holz und Holzfigürchen. Sie tragen uns die Grüße an unsere Heimatländer auf und wünschen uns und sich, dass zwischen unseren Völkern Friede herrschen möge, damit unseren Kindern die Schrecknisse des Krieges erspart bleiben. Recht beeindruckt verlassen wir den Empfang.

Mit zweitausend im Gottesdienst

Am Abend sollen wir an einem Gottesdienst in einer russisch-orthodoxen Kirche, die die Patengemeinde der Berliner Kirchengemeinde »Zum Heilsbronnen« ist, teilnehmen. Eine vorpfingstliche Andacht. Die russisch-orthodoxe Kirche feiert das Pfingstfest später als wir. Wir fahren mit dem Bus hinaus in einen äußeren Stadtbezirk.

Im Gegensatz zu den monumentalen Wohnblocks der Innenstadt sieht man in den Außenbezirken noch Holzhäuser, bunt bemalt und mit Schnitzereien verziert. Der Busfahrer weiß nicht so recht, wo er uns abladen soll. Die Dolmetscherinnen haben so einen Gottesdienst auch noch nie besucht. Aber dann kommen wir doch an der Kirche an, die recht versteckt zwischen Bäumen liegt.

Wir binden unsere Kopftücher um und gehen hinein. Das heißt, so einfach ist das Gehen nicht. Wir müssen durch eine dicht bei dicht stehende Menschenmenge hindurch. Die Welt der Tolstoischen Bücher scheint lebendig geworden zu sein. Der Kirchenraum ist geschmückt mit frischem Gras. Es duftet nach jungem Sommer. Bänke gibt es nicht. Wieviele Personen, hauptsächlich ältere Frauen, mögen hier stehen? Zweitausend vielleicht. Sie bilden eine Gasse für uns und lassen uns nach vorne gehen bis zu den Stufen vor der Ikonenwand. Dort ist ein Fleckchen frei gehalten worden für unsere Gruppe. Die Gasse schließt sich. Nun sind wir mitten unter ihnen.

Der Gottesdienst beginnt. Ein Chor singt Gebete und Psalmen, die Priester singen, die Menge verneigt und bekreuzigt sich laufend. Wir werden in eine Wolke von Weihrauch gehüllt. Das Abendmahl erhalten wir zusammen mit den russischen Menschen. Der Gottesdienst dauert eine, zwei, drei Stunden. Wir bemühen uns, Haltung zu bewahren, denn alle alten Mütterchen um uns herum zeigen keinerlei Ermüdungserscheinungen. Ganz diskret bewegen wir unsere Beine hin und her. Kerzen reicht man uns zum Weitergeben. Dann kommen Zettelchen, auf denen steht, für wen gebetet werden soll. Wir geben sie nach vorne an die Priester.

Die Gemeinde betet in gemeinsamem Gesang für jeden, dessen Name auf einem Zettelchen dem Priester mitgeteilt wird. Nun erfolgt die Salbung. Jeder der zweitausend Anwesenden möchte das Kreuzzeichen von dem Priester auf die Stirn gemalt bekommen. Man bildet eine Schlange und wartet ohne zu drängeln, bis man an der Reihe ist. Um 18 Uhr hat der Gottesdienst begonnen, um 21 Uhr bricht der Priester die Salbung ab. Die Kirche ist noch halb voll von ergeben wartenden Menschen. Sie müssen ein andermal wieder kommen, vielleicht morgen zum Pfingstgottesdienst. Wieder bildet sich eine Gasse für uns. Diesmal strecken sich uns Hände entgegen. Wir werden umarmt und geküsst nach russischer Sitte. Ein Strahlen geht über die Gesichter der Frauen, die wir berühren. Ihre Demut, ihre Bescheidenheit, ihre Herzlichkeit verwirrt uns vollkommen. Wir nehmen Einblick in eine uns völlig fremde Welt. –

Wir hatten Gelegenheit, an vier Gottesdiensten teilzunehmen. Immer standen die Menschen dicht gedrängt, immer standen sie stundenlang, immer standen sie voll Andacht. »Vergesst nicht,« sagt ein junger Pastor aus unserer Gruppe zu uns, nachdem wir die Kirche verlassen haben, »die Frauen, die euch so herzlich umarmt haben, gehören zu der Generation, deren Väter, Brüder, Söhne millionenfach im Krieg gegen Deutschland gefallen sind. Russland hat 8 Millionen Kriegsopfer zu beklagen«. Wir haben keinen Hass zu spüren bekommen. –

Mit der in Reiseberichten so oft beschriebenen Metro fahren wir zurück zum Hotel. Die Metrostationen sind kostbar ausgestaltet mit Marmor, Kacheln und polierten Hölzern. Die riesigen Bahnsteige werden von älteren Frauen mit Stroh- und Reisigbesen gefegt.

Kennen wir es nun, dieses Russland?. Die Sowjetunion ist eine Vereinigung von 15 Sowjetrepubliken mit insgesamt 232 Millionen Einwohnern, mit 115 Nationalitäten.

Kennen, wohl kaum. Wir sind gegangen wie durch ein Bilderbuch. Moskau ist nicht Russland. Nur der Extrakt daraus. Eine Anhäufung gewaltiger Gegensätzlichkeiten, über die es sich nachzudenken lohnt.

T.L.1967